La dictature militaire : l'enfer

Roman

MAMADOU MALAL BAH

La dictature militaire : l'enfer

Roman

DU MÊME AUTEUR

C'est moi qu'il épousera, L'Harmattan, 2016.

Mahomet, le joyau des vertueux, L'Harmattan, 2024.

Tant qu'il existera des dictatures militaires, « des livres de la nature de celui-ci pourront ne pas être inutiles ».

Ce livre a été édité pour la première fois en 2011 sous le titre « la veuve violée » et a remporté le Grand Prix Littéraire de l'AIRF (Association Internationale des Régions Francophones).

Préface

La rédaction de ce livre a débuté à Conakry, pendant les manifestations populaires qui avaient secoué la Guinée en début d'année 2007. Le président d'alors était un certain GÉNÉRAL Lansana Conté. La répression militaire fut d'une violence sans précédent : «plus de 130 morts, dont plusieurs enfants en bas âge tués par balles, plus de 1 500 blessés, des détenus torturés, des femmes victimes de viols, … » (rapport d'Amnesty International, 2007). Je décidai alors de mettre sur papier et de compiler tout ce que je voyais, tout ce que je lisais et tout ce que j'entendais sur la répression militaire, que la source soit officielle ou non officielle. Le projet de ce roman était ainsi né. Près de deux ans après, Lansana Conté mourut au pouvoir. Il y eut instantanément un coup d'État et le pays vit arriver à sa tête le CAPITAINE Moussa Dadis Camara. La répression militaire continua avec plus de sauvagerie. Le 28 septembre 2009, lors d'un rassemblement pacifique organisé au plus grand stade du pays, « les militaires, les forces de sécurité et des miliciens entrent massivement dans le stade et tirent à balles réelles sur la foule, violent, massacrent, frappent. Bilan : au moins 157 morts (…) ; de très nombreuses femmes violées ; près de 1500 blessés, y compris des chefs de file de l'opposition ; des arrestations arbitraires… » (rapport de FIDH et d'OGDH, 2010).

La rédaction du manuscrit a été achevé en fin d'année 2010 (période de retour des civils au pouvoir) et le livre a été publié au dernier trimestre de 2011 avec le titre « LA VEUVE VIOLÉE ».

En 2021, des militaires guinéens ont repris le pouvoir par coup d'État. Par ailleurs, ces cinq dernières années, il y a eu de nombreux putschs dans les pays d'Afrique francophone. Et, d'une manière générale, tout porte à croire que le scénario guinéen de 2007-2010 est en train de se reproduire ici et là.

Ainsi, il m'a paru nécessaire, treize ans après la publication de la première édition, de remettre ce livre dans les mains des peuples concernés pour rappeler et alerter.

Il est temps, pour nous africains aussi, que chaque peuple puisse choisir librement le dirigeant qui lui convient.

Conakry, le 27 juillet 2024.

I. Le départ pour l'Afrique

Il était minuit et Aïssatou ne dormait toujours pas. La fenêtre était ouverte et à travers les persiennes, elle observait le ciel qui scintillait d'étoiles. Dans la pénombre de la chambre, elle pensait au juge devant lequel elle avait signé le divorce avec son mari Jacques. Et une fois encore, elle se demandait si elle avait bien agi. Mais pouvait-elle faire autrement ? Elle était venue à Paris pour chercher le bonheur : la richesse certes, mais, en tant que femme africaine, fonder un foyer et avoir des enfants. Elle était devenue assez riche (comparativement à ses compatriotes) ; mais pour ce qui est des enfants, le médecin avait dit que Jacques souffrait d'azoospermie congénitale. Elle avait donc eu le pénible choix à faire entre vivre sans enfant avec cet homme qui l'a tant affectionnée et chercher un autre mari. Après des années d'hésitation, Aïssatou avait décidé de partir à la recherche d'un nouvel homme.

De temps en temps, elle se levait pour regarder ses photos de mariage ainsi que d'autres photos prises pendant les beaux temps de sa vie de couple. Comme dans une vidéo, elle se remémorait la vie passée avec Jacques. Elle murmurait au fond de son âme : «Ô Dieu, que je suis misérable ! »

Aïssatou passait sa dernière nuit dans la ville de Paris. Elle était déchirée entre la joie de rejoindre sa famille et la nostalgie de se séparer des connaissances et des personnes qui lui ont été chères. L'amour qu'on porte à son partenaire est proportionnel à la souffrance qu'on traverse avec lui. Et Aïssatou avait passé sa dernière décennie ici, donc loin de son futur mari.

Lorsque l'alarme du réveil retentit à cinq heures, Aïssatou tressaillit de tout son corps. À mi-voix, elle récita la sourate Fatiha et se rendit compte qu'elle ne l'avait pas désapprise. Mais une sorte de peur la traversa. Elle ne comprenait point la signification des expressions. Pourquoi alors cette fois, et cette fois-ci seulement, elle fut si profondément touchée, elle qui n'avait pas prié depuis plus de dix ans ? Peut-être parce qu'elle avait prononcé le nom d'Allah, oui le Tout Miséricordieux qui veillera sur elle. À cet Allah, elle allait se confier. À ce Miséricordieux elle se confia. À la fin de la sourate, plus que jamais pieuse, elle fit ses ablutions et vint s'arrêter sur le tapis de prière. Elle leva les mains et prononça le rituel Allah Akbar. Toute sa prière fut axée sur sa vie future et lorsqu'elle se prosterna pour finir sa prière, elle sentit un lac de larmes mouiller son visage.

*

Aïssatou avait fini de faire sa toilette et était à présent devant la glace. La coiffure qu'elle s'était faite faire la veille la rendait belle. Les mèches en grand nombre recouvraient ses tempes et son cou et venaient tomber sur ses épaules. Son visage et ses paupières semblaient bouffis : elle se rendit rapidement compte qu'elle avait trop pleuré pendant la nuit. Ses lèvres encore grosses à ses yeux laissèrent apparaître des dents bien blanches lorsqu'elle sourit. De sa main gauche, elle repoussa les mèches par derrière et remarqua que ses oreilles étaient dépourvues de boucles. Elle les prit du lit et les porta ; ces bijoux de grande valeur lui avaient été achetés par son mari Jacques. Son pagne enroulé autour du torse prenait la poitrine et descendait jusqu'aux genoux. Elle fut déçue de remarquer que sa poitrine était nettement plus large que celle qu'elle avait à son arrivée à Paris. Elle s'en alarma. Elle s'habilla du boubou bleu neuf qu'elle avait acheté pour le voyage et partit répondre à l'invitation de ses compatriotes. Ils étaient réunis au Restaurant Africain. On était assis autour de tables servies. Une atmosphère joyeuse régnait : les uns racontaient des histoires et éclataient de rire presqu'à chaque phrase en se tapant les mains. D'autres conversaient à voix basse. Aïssatou arriva et prit place. Le doyen de la communauté prit la parole :

— Aïssatou, ce vin d'honneur est organisé pour saluer ton départ. Nous nous connaissons tous. Nous te recommandons d'être une confidente. Les familles vont demander comment va untel et que fait madame Unetelle. Rassure-les et ne tue point leur espoir. Invente un noble métier pour chacun de nous. Quant aux sages, satisfais-les en disant que nous avons créé des cercles d'enseignement islamique pour convertir les petits blancs. Tu leur diras que cette assemblée s'est réunie pour faire la lecture du Saint-Coran pour toi.

Puis le vieux leva son verre de champagne et dit :
— À l'honneur d'Aïssatou !
— À l'honneur d'Aïssatou ! répondirent les invités en chœur.
— Que l'Afrique est dépassée ! se moquèrent-ils.

Les compatriotes étaient arrêtés près de la voiture pour témoigner de leur attachement à Aïssatou. Elle s'arrêta, se demandant une fois encore ce que sa patrie lui réservait. Mais une main la poussa et l'obligea à s'asseoir dans la voiture. Elle croisa les bras sur ses genoux et y posa la tête. Des voix se firent entendre et Aïssatou sentit la voiture bouger. Elle releva la tête mais ne rencontra que le vide. Les immeubles qui bordaient la route menant à l'aéroport et qui lui étaient si familiers paraissaient étranges ce jour-là. Des hommes et des femmes, des enfants et des adultes, semblables à des êtres fantômes tour à tour surgissaient du sol pour disparaître aussitôt. Jamais, elle ne sut la durée de ce parcours.

La voiture s'arrêta dans le parking de l'aéroport. Par le grondement des avions qui décollaient et atterrissaient, Aïssatou remarqua qu'elle était déjà à l'aéroport. Elle entra dans la salle pour les formalités. Lorsqu'elle sortit pour faire ses adieux à ses compatriotes qui l'avaient accompagnée, elle fut surprise de voir Jacques qui se tenait près de la porte de sortie, l'air triste.

— Es-tu donc venu pour m'accompagner ? dit-elle. Merci d'avoir fait le déplacement seul. Je pensais que tu ne viendrais pas. Promets-moi que tu me pardonneras de ce qui s'est passé.

Jacques fit oui de la tête. Elle n'eut pas le temps d'arriver à côté des autres car une voix rappelait que son avion était prêt à décoller. Elle leur leva la main pour leur dire au revoir et rentra.

Aïssatou était assise près d'un hublot et regardait, attristée, ce sol de Paris qu'elle devait quitter pour toujours. Subitement sa pensée se tourna vers Jacques. Elle avait déchiré le carnet où celui-ci avait écrit ses numéros de téléphone et sa nouvelle adresse (il devait déménager) et l'avait jeté dans la poubelle. En plus, elle savait que Jacques ne connaissait que le nom de son pays d'origine, mais pas la moindre adresse. Elle comprit alors qu'elle ne pourrait plus le revoir. Au lieu de regretter son acte, elle renonça à son amour et essaya d'assumer : « Adieu Jacques ! Je m'engage à devenir la bonne femme africaine qu'avait été ma mère ».

*

Toute la famille était affairée aux préparatifs de la réception. Les enfants groupés derrière la maison, désherbaient les alentours, ramassaient les ordures et vidaient les poubelles. Le père d'Aïssatou changeait les rideaux de la maison, remettait chaque chose à sa place. Pour la première fois, il participa au balayage et au nettoyage de la maison et ce, toutes les chambres même celle des enfants. C'était comme l'arrivée d'une personne importante, d'un chef. Une telle arrivée doit être préparée : il faut tout remettre en ordre, tout nettoyer, tout embellir ; il faut masquer les imperfections pour être apprécié par le supérieur hiérarchique et à Nakry on excellait dans la démagogie et la fausse apparence.

Le père et les enfants s'habillèrent, Kaou, l'oncle maternel d'Aïssatou aussi ainsi que d'autres amis. Tous devaient partir souhaiter la bienvenue à cette femme qui leur offrait régulièrement le prix de la kola. L'on se réunit autour des deux voitures apprêtées pour l'occasion. Kaou occupa le siège avant de la première voiture, les enfants et le père d'Aïssatou montèrent à l'arrière. Dans l'autre, d'autres notables montèrent.

Le soleil était à mi-chemin dans sa course vers l'occident lorsque la famille revint. Leur arrivée fut marquée par des cris de joie. L'attroupement était grand. Tout le quartier était là, chacun cherchait à serrer la main du revenant-d'Europe. Certains notables ne laissaient la main d'Aïssatou qu'après avoir narré leurs biographies ainsi que les récits vécus avec son père. Tout le monde était apparenté à elle. Dans cette atmosphère aussi conviviale, les plus démunis ne cherchaient pas à s'approcher. À chacun sa place et le mendiant connaît la sienne, dit-on. Ils se tenaient donc à distance, admiraient la scène et l'embonpoint d'Aïssatou. Lorsque le tumulte cessa et que le groupe devint moins dense, les voisins les moins riches et les moins influents s'approchaient, non sans être effrayés par la présence des autres et tendaient la main :

— C'est tel, présentait le père.

— Qu'il est grand maintenant ! Lorsque je quittais, il n'était qu'un gamin turbulent, plaisantait parfois Aïssatou.

L'on riait. Aïssatou souriait aussi. Le groupe pénétra dans le salon et Aïssatou s'installa dans un fauteuil alors que les jeunes gens du quartier déposaient dans une des chambres ses bagages.

Des jours passèrent. Aïssatou déballa ses bagages et les cadeaux furent distribués à diverses personnes. La famille d'abord, puis Kaou et enfin les autres notables. Chacun devait savourer le retour de cette fille bénie. La plupart des notables bénéficiaires des cadeaux donnaient d'amples explications sur la réussite d'Aïssatou : ou bien c'est parce que sa mère n'avait jamais contredit son père, ou bien c'est à cause de la gentillesse de l'un de ses parents, ou bien c'est le respect incommensurable d'Aïssatou envers eux. L'eau de pluie suit toujours les traces des précédents ruissellements et la réussite ne peut être un hasard.

Kaou était le conseiller direct d'Aïssatou et il s'en glorifiait. Il ne la quittait jamais, s'asseyait toujours à ses côtés et affirmait tout ce qu'elle disait. Ensemble, ils mangeaient, montaient et descendaient ; un lien qui éveillait la jalousie des autres vieux du quartier qui voulaient, eux aussi, profiter des billets de banque étrangère que, pensaient-ils, Aïssatou donnait sans arrière-pensée à Kaou.

II. Aïssatou trouve un prétendant

Le père d'Aïssatou et Kaou s'étaient retirés dans la chambre de ce dernier lorsqu'Aïssatou reçut une commission l'invitant à les rejoindre. Lorsqu'elle entra, Kaou lui demanda de s'asseoir dans le lit où lui-même était assis avec le père. Aïssatou voulut décliner l'offre et s'installer par terre. Mais Kaou, les dents rougies par la kola, la fit asseoir à côté de lui. Il racla longuement sa gorge puis dit :

— Aïssatou, que Dieu te bénisse comme il a béni ta défunte mère ! Que dis-je ? Tu es bénie ma fille. Depuis ton enfance, tout ce que tu entreprends se remplit de chance : c'est le signe de la bénédiction. Je t'ai appelée à la demande de ton cousin Thierno. Il cherche une femme avec laquelle il va fonder son foyer et son regard est tombé sur toi.

— Et son épouse, ma cousine, que deviendra-t-elle ?

— Elle reste à sa place pour s'occuper de ses enfants. N'est-ce pas trop pour satisfaire son mari ? Thierno veut fonder son deuxième foyer pour lui donner plus de repos.

Aïssatou ne répondit plus. Elle n'avait pas de réponse. Kaou aussi se tut et le silence s'installa dans la chambre remplie de la douce odeur du parfum d'Aïssatou.

La nuit suivante, la lune s'affichait au milieu du ciel et offrait une lumière presque diurne. Au pourtour, le ciel était parsemé de quelques nuages qui s'épaississaient de temps en temps et défilaient sous la lune en masquant sa lumière. Mais celle-ci, déterminée à illuminer la terre, ressurgissait aussitôt et lançait comme par vengeance une lumière de plus en plus éclatante. Les chants des enfants et leurs galopades heureuses reflétaient la joie que la reine de la nuit leur offrait par sa lumière. Aïssatou fut de nouveau convoquée pour le sujet du mariage. Elle vint s'assoir dans la cour, sur la même natte qu'occupaient son père et Kaou. Le petit groupe savourait ce bonheur dans le silence. Aïssatou étudiait la position qu'elle devait prendre. Elle avait vécu des choses, trop de choses. Et cette fois, ce mariage pourrait être la fin de sa vie de diaspora, l'occasion de faire des enfants et de fonder son foyer. Mais avec qui devait-elle partager son mari ? Avec sa cousine, sa meilleure amie. Dire oui et trahir sa cousine. Dire non et contredire ses parents. Aïssatou demeurait silencieuse et pensive. Son cœur palpitait.

— Je te conseille d'accepter, Aïssatou ! introduisit Kaou. Tu dois finir avec cette aventure de femme sans mari et retrouver une vie normale.

Aïssatou le regarda sans demander d'explications.

— C'est vrai que vous vous aimez beaucoup, ta cousine et toi, continua-t-il. Mais accepter la main du mari de ta cousine ne veut pas dire que tu l'as trahie. Elle peut se fâcher. Mais c'est à toi de lui montrer qu'elle demeure ta sœur. Tu peux par exemple lui demander de se reposer alors que tu fais tous les travaux du ménage. Elle finira par comprendre.

— C'est vrai, Aïssatou. Épouse-le et respecte ta cousine. Tu pourrais sortir de cette longue vie de femme célibataire et sans enfant, renchérit le père. Cette bénédiction que tu portes risque de te laisser si tu restes sans mari. La femme vaut ce que vaut son mariage.

— Merci pour le conseil ! Je comprends vos inquiétudes mais je vous prie de m'accorder Djo comme mari.

Djo était un diplômé sans emploi, dont la famille vivait au village. C'était un jeune très bavard détesté par les adultes et les personnes âgées car, à leurs yeux, il lui manquait la bonne éducation : il ne connaissait aucune des formules à utiliser pour s'adresser à une personne plus âgée et de plus, il ne fréquentait jamais les mosquées. C'était pour eux un raté. Au contraire, il était le chouchou des jeunes du quartier. Partout où l'on se regroupait, il prenait volontiers la parole et animait. Il racontait un de ses mille récits drôles ou bien il décrivait avec une précision savante les grandes villes d'Europe qu'il n'avait jamais visitées. Il était le héros des jeunes gens sans que personne n'eût été jaloux. Était-ce cette notoriété qui avait attiré Aïssatou ? Lorsqu'elle débarqua dans le quartier, Djo fut le premier homme à lui manifester de l'intérêt. N'ayant pas d'autres occupations, il passait des heures à côté d'elle à bavarder et à la servir si bien que la nostalgie d'Europe n'eût pas de place dans son cœur. Par attachement à Djo, les autres jeunes du quartier la considérèrent comme une belle-sœur aimée et respectée de tous. Ce frottement ne resta pas sans effet. Il fallut quelques jours pour que les cœurs se fussent rapprochés et l'amour devint subitement si grand qu'Aïssatou le considérât comme son nouvel homme.

— Acceptez que Djo soit mon mari, insista-t-elle.

— Personne n'ignore l'amour que tu éprouves pour Djo, essaya le père. Mais après consultation des astres, nous avons trouvé que ce mariage avec Thierno t'apporterait plus de bonheur.

— Non, papa ! Vivre avec l'homme qu'elle aime demeure le plus grand bonheur pour une femme.

— Je pense que c'est le mariage qui importe, coupa Kaou. Notre bonheur (vous famille paternelle et nous oncles maternels) est de la voir heureuse dans son foyer.

— Et les astres nous aident à trouver la meilleure direction, expliqua le père. Son premier mariage ne lui a pas apporté bonheur parce qu'elle a décidé seule, sans attendre notre consentement.

— Cette science d'astres meurt peu à peu, contesta Kaou. Ce n'est qu'une question de générations. Ce qui était vrai hier peut ne pas l'être aujourd'hui. Nous avons utilisé notre savoir pour réussir ; laissons-les utiliser le leur pour s'en sortir. Comme elle a déjà fait son choix, suivons-la.

Le père, malgré son opposition intérieure à ce choix, accepta et évita de s'opposer à cette fille sur laquelle reposait l'économie de toute la famille.

III. Le mariage d'Aïssatou

C'était la veille du mariage. Le soir approchait et les femmes arrivaient une à une. Les unes étaient des voisines, les autres des membres de la famille. Progressivement, la physionomie de la cour prenait un aspect particulier. Ici, se trouvaient de grosses marmites apprêtées pour la préparation. Là, un tas de bois morts attendait d'être appelé pour alimenter un feu. Dans un autre coin, des fûts et des bidons d'eau se côtoyaient. La cour était remplie de femmes affairées à laver différentes céréales. Les coups de pilon retentissaient très loin, musant le maïs pour le couscous du mariage. Quelques-unes plumaient des dizaines de poulets dans des bassines d'eau. Chacune se donnait volontairement au travail de son choix. Des équipes se formaient et les différents membres échangeaient les rôles. Tout ceci se passait dans la plus grande joie. Aïssatou, heureuse, se promenait entre les différents groupes sans rien faire, au vrai. Tantôt une de ses amies l'appelait, elles échangeaient quelques phrases de plaisanterie puis riaient ; ensuite, elle rejoignait un autre groupe, toujours plus joyeuse.

À la tombée de la nuit, les feux furent allumés à différents foyers, on prépara divers repas : du couscous, du fonio, du riz avec diverses sauces, de la viande, du poulet rôti,… La préparation continua ainsi presque toute la nuit, annonçant le festin du mariage.

Le lendemain, de bonne heure, l'on se retrouva chez Kaou. Tous les repas étaient prêts. Des dizaines de bols emplissaient son salon. Des nattes furent étalées à la terrasse et des chaises installées dans la cour pour la cérémonie.

Les notables arrivèrent et s'installèrent sur les nattes. Les autres prirent place dans la cour. L'assemblée était faite de sages du quartier, d'étrangers venus du village et des parents et amis de Djo et d'Aïssatou. Tous étaient venus assister à cet acte symbolique et inoubliable de la vie qu'est le mariage. Les notables délégués par la famille de Djo arrivèrent avec la dot, deux sacs de sel blancs bien propres ainsi que trois cent treize kolas entreposées dans des feuilles de bananiers assemblées par des cordes tressées en un édifice conique. Ils furent installés au salon. Le doyen de la délégation prit la parole :

— Que la paix de Dieu soit sur vous ! Le père de Djouldé (Djo) ainsi que toute sa famille vous adresse les salutations les plus respectueuses. Nous sommes chez vous ici pour demander la main de votre fille Aïssatou. Nous la sollicitons pour Dieu en tant que frères et sœurs d'une même religion en imitant le Prophète ainsi que les parents qui nous ont précédés.

Ils présentèrent la dot, les sacs de sel ainsi que les colas.

— Que la paix de Dieu soit sur vous aussi ! répondit l'imam. Nous sommes ici aussi pour être les témoins de cette union légale entre la nommée Aïssatou fille de Mamadou et le nommé Djouldé (Djo), fils de Mamoudou. Dieu sait les bonnes unions et, pour les fidèles, Il autorise toujours les meilleures. À l'honneur des parents paternels ! À l'honneur des parents maternels ! À l'honneur de toutes les belles familles ! À l'honneur de toutes les personnes ici présentes ! Nous offrons Aïssatou, fille de Mamadou à

Djouldé fils de Mamoudou. Je témoigne que cette offre s'est faite selon les principes de la religion. Je vous présente ces deux-cent-mille francs qui représentent la dot et déclare devant Dieu qu'Aïssatou est la propriété exclusive de Djouldé ; nous lui recommandons de respecter son mari, de se soumettre à lui et de ne jamais opposer son idée contre celle de son mari. Nous chargeons la famille d'Aïssatou de lui transmettre ce message ainsi que nos bénédictions ; nous prions Dieu d'offrir à ce couple beaucoup d'enfants et une grande chance ; que la paix de Dieu soit sur son prophète !

— Iskin imam, rétorqua Kaou. Ces paroles sont dignes de vous et nous sommes très contents. La famille vous remercie. Nous acceptons et témoignons de vos paroles. Je jure par mon cheik qu'il se passe des années sans que nous n'entendions des phrases aussi réconfortantes. En tant qu'oncle de la mariée, nous nous réjouissons de cette union qui ne fera que renforcer les liens familiaux. Notre joie est telle que je ne peux la qualifier. Nous vous disons merci. Merci à la famille ! Merci aux amis ! Et merci à tous ceux qui ont fait le déplacement !

Sur ces paroles, se terminèrent les allocutions solennelles. Le muezzin fut désigné pour répartir les colas. Il fit des parts pour l'imam, la mosquée, les familles paternelles et les familles maternelles des mariés, les religieux, les autres ethnies, les étrangers, les ressortissants de telle ou de telle localité,…Chacun, dans son entité, avait droit à une part ; c'est le témoin du respect et de la considération qu'on accorde à son origine, à sa famille, à sa localité voire à un seul de ses ancêtres. Qu'importe? Puis les repas furent partagés dans divers bols et dégustés en petits groupes sous les rires et les plaisanteries. C'était une véritable bombance.

De l'autre côté, dans la maison du père d'Aïssatou, les femmes s'affairaient à la préparation de la mariée. C'est un rite confié surtout aux vieilles femmes ayant fait beaucoup d'enfants. Elles sont l'incarnation de la fertilité et, par conséquent, de la bénédiction féminine. Entourée par ces joyeuses vieilles femmes, Aïssatou était assise sur un ancien escabeau, celui qu'avait utilisé sa grand-mère. On l'habilla d'une camisole, d'un pagne blanc et d'un voile d'une blancheur immaculée. Le voile, qui couvrait totalement sa tête et descendait jusqu'aux épaules, masquait son regard : c'est le symbole de l'interdiction, pour le reste de ses jours, de voir un autre homme que son mari.

Lorsque la mariée fut prête, le cortège prit son départ. Aïssatou fut portée sur les épaules de Samba, le robuste troubadour. Un parapluie, sur lequel étaient épinglés des billets de banque très neufs, fut ouvert pour lui offrir de l'ombre telle une princesse. Et les tams-tams firent le reste de la fête :

«*Danse belle fille,*
Danse.
Tu es l'honneur de ta mère,
Et l'honneur de ton père
Et l'honneur de tes tantes;
Ton mari peut en être fier.
Ô mère de la mariée,
Ô Père de la mariée,
Ô Amis de la mariée,
Un court instant
Et votre perle sera partie,...»

Ces phrases étaient répétées simultanément par les troubadours et toutes les femmes, rythmées par les applaudissements et les tams-tams. Aïssatou, du haut de son perchoir, balançait la tête dans tous les sens et acquiesçait en dansant les chansons. Et le cortège s'avançait à pas lents, toujours dans la danse.

Mais, au portail de la cour, étaient groupées ses amies et cousines qui barrèrent la route, réclamant leurs dépenses elles aussi car Aïssatou était une d'elles et selon la tradition chaque personne représente toute la société et vice-versa. Elles stoppèrent donc le cortège et entonnèrent :

«Ô toi notre mari,
Ô amis du mari,
Acquitte-toi, acquittez-vous
Des billets de cinq et de dix mille,
Oui des billets de cinq et de dix mille,
Ou notre amie ne bouge point d'ici.»

Et les billets de banque furent jetés dans tous les sens. Mais elles étaient indifférentes à ces billets, totalement emportées par l'émotion. Elles continuèrent, s'adressant désormais à Aïssatou :

«Ô amie, chère amie,
On était ensemble,
Hier et avant-hier,
Toutes ensemble.
Mais à présent,
Ton homme est là
Et tu dois le suivre.
Suis-le, suis-le.
C'est le destin des femmes
Tu vas où tu n'as
Ni père, ni mère
Ni sœur, ni frère,
Ni camarade, ni amie.
C'est le destin des femmes.
Respecte donc ton mari ;

C'est le destin des femmes.
Et surtout ne pleure pas,
Sinon tu nous fais pleurer.
Et surtout ne pleure pas,
Sinon tu nous fais pleurer.
Ce n'est que le destin des femmes. »

Les troubadours renchérissaient de leurs voix mélodieuses et les tams-tams bourdonnaient de plus en plus fort. Alors que le groupe avait repris de nouveau son chemin sous les exaltations des douces chansons féminines, des larmes coulaient sur le visage masqué d'Aïssatou. Le groupe s'avançait joyeusement, doucement, solennellement, emmenant avec lui toutes les femmes qu'il rencontrait sur le chemin. La maison de Moussé bah, située à quelques dizaines de mètres était choisie comme la résidence formelle du mari. Il fallut au groupe trois heures pour parcourir cette distance qu'on parcourt habituellement en moins de dix minutes. Et le groupe arriva enfin : la fête pour la réception fut aussi grande que celle du départ. Le groupe s'installa, prit le repas qui lui était réservé. Puis il y eut un trajet retour chez les parents d'Aïssatou pour leur faire les adieux et enfin le groupe prit le trajet définitif pour remettre officiellement Aïssatou à son mari. Tout ceci fut fait dans la même ambiance, dans la même joie.

Quelques heures après leur seconde arrivée chez Moussé Bah, le groupe se dispersa. L'on était fatigué et la journée, épuisée elle aussi, tirait à sa fin. C'était la nuit de lune de miel ou la nuit d'angoisse d'Aïssatou, la première nuit qu'elle passait avec son mari, loin de ses parents et de ses amis. Seule une fille, son amie intime le plus souvent, devait l'accompagner et rester avec elle dans son nouveau foyer. C'était une nuit d'angoisse ou de joie, de honte ou de fierté au décours de laquelle on vérifiait la virginité de la mariée. Ceci devrait se faire le lendemain à l'aube alors qu'elle se lèverait de bonheur, le balai à la main et montrerait la bonne éducation qu'elle a reçue ; les belles-sœurs, les cousines et les amies entreraient dans la chambre où le couple a passé la nuit pour analyser les traces laissées sur le drap de lit et tirer une conclusion finale sur la virginité. Puis l'information serait transmise aux deux familles pour lesquelles l'honneur est engagé. Mais, pour Aïssatou, la situation était différente. Certes, elle allait passer une nuit pas comme les autres, loin de ses parents et de ses amis. Mais elle était débarrassée des sentiments d'angoisse ou de joie, de honte ou de fierté que les autres éprouvaient à pareil moment car, chez elle, femme divorcée, on savait qu'on n'avait rien à vérifier.

IV. Une fillette de douze ans violée par un militaire

Des pleurs se firent entendre dans la concession de l'imam. Aïssatou qui était en train de dîner avec Djo sortit sur la véranda pour mieux situer l'endroit d'où venaient les cris. Le père qui était dans sa chambre sortit aussi, vêtu d'un simple caftan. Il aperçut Aïssatou et lui demanda :
— Dans quelle concession pleure-t-on ?
— C'est dans la famille de l'imam.
— Qu'est-il arrivé à sa famille ?
Il rentra dans sa maison prendre son bonnet. Djo sortit et ils se précipitèrent vers la maison de l'imam. De loin, ils reconnurent la voix de sa quatrième femme qui disait en pleurs :
— Aidez-moi ! Je suis humiliée.
Ils entrèrent. Il y avait un attroupement au milieu de la concession. Aïssatou fendit le cercle et vit la femme assise par terre. À côté d'elle, était étalée sa fille benjamine de douze ans. Aïssatou s'approcha et remarqua que la fillette était en vie et était consciente. Elle voulut demander pourquoi on pleurait, mais une femme dit derrière elle :
— Laissez-la étendue comme ça. Sinon elle va saigner. Que Dieu punisse ces militaires ! Aïssatou se retira du groupe et trouva quatre femmes arrêtées un peu loin du groupe. L'une d'elle expliquait :
— Depuis qu'ils ont commencé à patrouiller, nous ne sommes plus en sécurité. Cette fillette quittait le doudhal (école coranique) lorsqu'elle a rencontré l'adjudant-chef Oumar. Il l'a forcée à entrer dans la moquée en construction et l'a violée. Une fillette de douze ans !

— C'est donc adjudant Oumar qui est l'auteur de ce viol, dit une autre. Au lieu que ces militaires nous protègent, ils violent nos filles.

— Si l'auteur est connu, rien n'est plus difficile. La famille peut porter plainte, dit Aïssatou.

Les quatre femmes la regardèrent et se turent. Elles comprirent qu'Aïssatou ignorait la situation du pays. La femme qui avait expliqué les faits lui dit :

— Ne sois pas naïve, personne ne t'écoutera.

« Je le ferai seule si la famille ne le fait pas », pensa Aïssatou.

L'imam vint dans un taxi. Il dit avec sérénité :

— J'ai loué le taxi. Aidez-la à monter et allons à l'hôpital.

La fillette fut prise par deux femmes. On l'installa dans le véhicule. L'imam et sa femme montèrent ainsi que deux notables et ils partirent pour l'hôpital. La foule se dispersa.

Aïssatou marchait avec Djo. Ils passèrent à côté de deux femmes qui parlaient. Ils entendirent l'une d'elles dire :

— Dieu sait faire les choses. Elle ne fait que lancer de mauvais sorts aux fils des premières épouses de l'imam. Aujourd'hui c'est sa fille benjamine qui le paie.

— Et c'est vraiment bien payé car aucun homme n'est fou pour épouser une fille violée. Elle n'est plus qu'une éternelle honte pour sa famille.

Aïssatou et Djo firent semblant de ne pas prêter attention à leur conversation. Lorsqu'ils furent un peu loin, Aïssatou demanda à Djo :

— Penses-tu que c'est de sa faute si elle est violée ?

— Non, répondit Djo.

— Penses-tu que sa mère est fautive ?

— Non.

Elle se tut et ils continuèrent leur marche en silence. Quand ils furent arrivés dans leur salon, Djo dit à Aïssatou qui s'était laissé tomber dans un fauteuil :

— J'ai l'impression que tu as oublié la vie d'ici. Prie Dieu pour qu'il ne t'arrive pas du mal ; sinon les gens trouvent toujours des explications pour démontrer que tu es responsable. Mais personne ne le dira devant toi.

Aïssatou l'écouta parler sans rien dire.

Durant la nuit, Djo reçut un SMS qui demandait à tous les jeunes de se regrouper pour trouver des stratégies afin que ces exactions ne se répètent plus. Le rassemblement n'eut jamais lieu. À la prière de l'aube, le chef du quartier qui avait été informé du rassemblement depuis la nuit pria l'imam de dissuader les jeunes. Ce dernier, pour éviter les emprisonnements et les pertes en vies humaines dont il se sentirait responsable les pria de ne rien faire et de remettre tout à la volonté de Dieu. Il chargea les vieux de transmettre le message à leurs enfants.

Et pourtant, à midi, un pick-up de militaires vint chez le chef de quartier. Ils laissèrent une lettre du maire demandant à certains habitants du quartier de se présenter à la prison centrale. En tête de liste, se trouvait le nom de l'imam qui était accusé d'incitation à la haine. Les autres étaient accusés de tentatives de perturbation de l'ordre publique. Djo, qui faisait partie des accusés, fut aussitôt informé. On demanda aux notables ainsi qu'aux personnes citées dans la lettre de se regrouper chez le chef de quartier. Une délégation fut formée et dépêchée rapidement à la mairie.

Une maisonnette de deux chambres et salon servait de mairie. Le salon était meublé d'une dizaine de bancs alignés. Au fond, vers les portes des deux chambres, se trouvait un promontoire sur lequel étaient posées, autour d'une table, trois chaises. Djo et les autres notables s'assirent sur les bancs. Le chef du quartier, accompagné du planton, entra dans l'une des chambres qui servait de bureau au maire. Ils y restèrent une bonne heure et ressortirent. Le soulagement se lisait sur le visage du chef de quartier qui s'assit à côté des autres notables. Le maire sortit à son tour et vint s'assoir sur une des chaises, derrière la table. Le chef de quartier se leva poliment et dit :

— Monsieur le maire, cette délégation et moi sommes venus ici pour répondre à une lettre que vous nous avez adressée ce matin. Par ma bouche, ils présentent leurs excuses et sollicitent votre miséricorde.

— Nous prenons acte de votre déclaration, dit le maire. Je vous promets que nous examinerons votre requête et je vous informerai de la conclusion que nous allons tirer. En attendant, je vous informe que nous ne sommes contre personne. Nous œuvrons pour la paix et pour le respect de tous et de chacun. En tant qu'ami et collaborateur, je vous conseille d'être prudents. Des rapports de nos agents secrets ont fait cas de complots et de sabotage préparés par vous, population du sud pour renverser notre président. Je vous informe que ces complots sont voués à l'échec. Donc n'essayez jamais d'y participer.

Il demanda au planton de distribuer des papiers d'engagement et dit quand ce dernier eut fini :

— Vous allez signer ces papiers pour nous prouver que vous n'êtes pas des comploteurs.

Djo parcourut le papier : « Je soussigné,…, m'engage devant la loi à ne jamais participer à une manifestation, quelle qu'elle soit… ». Le chef de quartier signa son papier et se leva pour ramasser les papiers. Il vérifiait que l'intéressé avait signé le sien avant de passer au suivant. Djo n'avait pas signé. Lorsque le chef de quartier le remarqua, il s'énerva mais garda son calme. Il chuchota à l'oreille de Djo :

— Nous avons plaidé pour vous éviter la prison. N'essaie pas de mettre l'effort de tout ce monde dans l'eau. Certains d'entre nous ont le même âge que ton père. Respecte donc ceux-là et signe le papier.

Il remit le papier à Djo et insista pour qu'il le signe. Djo le signa et le chef de quartier continua au suivant. Puis, lorsqu'il eut tout ramassé, il déposa les papiers sur la table devant le maire. Celui-ci les remercia et leur ordonna de rentrer au quartier en attendant que leur requête soit examinée. Un à un, ils vinrent serrer la main du maire (en guise de remerciement) et sortirent.

De retour à la maison, Djo expliqua à Aïssatou le déroulement de la scène.

— Qu'ont-ils dit pour le viol ? lui demanda-t-elle.

— L'affaire est classée, répondit Djo. Ils ont effrayé nos notables et nous ont fait signer des papiers pour que personne n'en reparle plus jamais.

La semaine suivante, le muezzin passa de concession en concession et pria chacun de cotiser pour aider l'imam à soigner sa fillette. Le plus grand hôpital du pays s'était déclaré inapte à la soigner et estimait que seule une évacuation à l'Étranger pourrait la sauver.

V. *Aïssatou est heureuse auprès de son mari*

Aïssatou trouva Djo à table, le petit déjeuner prêt. Il tenait un journal en main. Elle l'embrassa et dit en plaisantant :
— Le gourmand est déjà à table.
— Fais vite, mon ventre crie famine, répondit-il en souriant.
— Un peu de patience mon amour ; le soleil n'est pas encore haut, dit-elle alors qu'elle se dirigeait vers la douche pour le bain.

Elle s'assit à table en face de son mari. Celui-ci, comme d'habitude, lui servit une tasse de café au lait et un morceau de pain garni de frites. Il remarqua qu'il avait oublié d'apporter de l'eau. Il se leva, ouvrit le frigidaire, en sortit une bouteille d'eau et alla chercher deux verres. Il les posa sur la table et les remplit d'eau. Il se rassit, se servit d'une tasse de café au lait et d'un morceau de pain également garni de frites.

Quand ils eurent fini de déjeuner, Djo sortit sous la véranda et cira ses souliers. Aïssatou s'habilla aussi et sortit le trouver. Djo la regarda et sourit. Il vint à côté d'elle, rectifia quelques tresses mal rangées. Il prit le collier qu'elle avait en main et le mit au cou de son épouse. Il lui fit un baiser sur la joue. Le bonheur qu'elle ressentit lui fit jaillir un râle de sa gorge. Djo la regarda avec autant de bonheur : sa beauté le fascinait toujours. Il prit sa main et ils se dirigèrent vers la maison du père. Celui-ci était assis sur une natte et lisait un petit livre écrit en caractère arabe. Ils s'assirent par terre et le saluèrent poliment.

— J'espère que vous avez passé une bonne nuit aussi, répondit le père. Que Dieu vous protège et qu'Il vous donne la bénédiction que vous cherchez.

— Nous partons revoir les boutiques, dit Aïssatou.

Elle sortit de l'argent et remit à son père.

— Que la chance vous accompagne partout où vous serez ! Passez bonne journée.

Ils se levèrent et partirent. Lorsqu'ils furent un peu loin, le père appela Aïssatou qui revint se rasseoir près de lui :

— N'oublie pas de faire autant ou plus pour ton oncle. Il représente ta mère.

— D'accord, j'y ferai attention.

Ils trouvèrent Kaou assis derrière sa concession avec un poste-radio à la main. Lorsqu'il les vit, il vint à leur rencontre. Il tendit la main à Aïssatou en disant :

— Ma fille bénie et son époux ! Soyez les bienvenus. Avez-vous passé une bonne nuit ?

— Dieu merci.

— Que Dieu vous guide ! Nous sommes fiers de vous deux. Vous formez le couple exemplaire de la cité. Ah, Que Dieu aime ça !

— Merci, dirent-ils.

Aïssatou lui remit quelques billets de banque. Kaou leur fit de grands éloges avant de prononcer, pendant une dizaine de minutes, des prières pour leur réussite. Il les raccompagna jusqu'à la route. Ils stoppèrent un taxi et montèrent.

Les boutiques d'Aïssatou se trouvaient au marché Médine, le plus grand de Nakry. Elles occupaient le rez-de-chaussée d'un grand immeuble au bord de l'autoroute. Les trois boutiques se suivaient. Dans la première, on vendait des téléphones et leurs accessoires ; dans la suivante, des habits de luxe et des sacs de riz dans la troisième. Les boutiques étaient tellement remplies qu'il ne restait dans aucune d'elles de la place pour trois chaises. À leur vue, les trois gérants se hâtèrent de venir saluer leur patronne et son époux. Ils leur apportèrent des chaises et le groupe s'installa à l'entrée du troisième magasin. Des jus furent apportés. Ils se désaltérèrent. Aïssatou regarda les magasins avec une fierté mêlée d'une certaine inquiétude.

— J'y ai investi tout mon argent. J'espère que ça réussira.

— Le commerce est rentable dans ce pays, répondit Djo. Il n'y a pas de raison que ça ne marche pas.

— Qu'il en soit ainsi ! En tout cas, j'y ai misé tout ce que j'ai. C'est pile ou face.

— N'ayez aucune inquiétude. Nous nous efforcerons pour que ça marche, même si ce début est un peu difficile, répondirent les boutiquiers.

Ils sortirent leurs cahiers où sont relevées les entrées et sorties de la semaine. Un à un, ils donnèrent des explications. À les entendre parler, Aïssatou était émerveillée par leur franchise et leur savoir-faire. Et pourtant, bien que ses magasins continssent des choses très convoitées, Aïssatou ne percevait jamais la moitié de la somme hebdomadaire prévue dans l'accord signé avec ses employés. Aïssatou les écouta ce jour encore et prit sans frustration la petite somme qu'ils avaient collectée.

À cause du match (la France devait jouer contre le Brésil), Djo demanda à Aïssatou qu'ils rentrassent plutôt que d'habitude pour suivre le match avec ses amis. Djo était aimé et respecté par tous les jeunes du quartier. Mais ses relations étaient plus intimes avec Ouroy et Beckam.

Beckam était un étudiant calme voire timide. Il ne parlait que très peu et répondait toujours brièvement mais intelligemment aux questions qu'on lui posait. Il ne sortait presque pas. Après ses courses, il passait son temps entre ses livres absorbé par ses lectures. Son calme avait fait qu'il eût beaucoup de camarades parmi les jeunes du quartier qui lui vouaient un grand respect. Le silence est le gîte du respect et Beckam était un homme tellement silencieux que peu de gens avaient le courage de l'approcher. Pourtant, il accueillait chaleureusement ses visiteurs, leur accordait toute son attention et cherchait à les satisfaire. Il ne se fâchait jamais et aucune injure, aucune contradiction n'effaçait le sourire qu'il avait. Le visage constamment illuminé par la gaieté, il souriait à tous ceux qui lui adressaient la parole.

Ouroy, quant à lui, était l'époux de Nantenen, une amie d'Aïssatou. Il était pauvre et tout son espoir reposait sur sa femme, marchande. Ouroy en était conscient. Il passait son temps à aider Nantenen dans ses travaux. La femme l'aimait. Il était timide aussi et presque renfermé.

Avec des comportements proches, Ouroy et Beckam étaient de grands amis. « Qui se ressemble s'assemble », dit-on et Ouroy et Beckam se ressemblaient.

Ils allèrent chez Ouroy et trouvèrent sa femme Nantenen derrière sa table de fruits, en train d'éplucher des oranges pour la vente. Nantenen ne remarqua leurs présences qu'au moment où Djo prit une banane. Elle s'écria dans un rire amical « au voleur » et se leva pour la retirer. Djo fit une course de quelques mètres et termina de manger sa banane. Aïssatou suivait ce jeu avec beaucoup de plaisir.

— Tu me paies et j'attache ton voleur avant demain matin, dit Aïssatou. Combien as-tu ?

— Un conteneur d'oranges pour toi seule. Interdit de revendre ou de donner une à quelqu'un.

— Je passerai le reste de ma vie à pisser.

Ils chahutèrent un long moment. Nantenen leur remit quelques oranges et se leva pour les raccompagner.

— Vous allez trouver Ouroy là-bas. Il est tellement pressé pour ce match.

— Pressé pour la défaite de son équipe, répondit Djo.

— Quelle équipe ? contesta Aïssatou. C'est ton équipe qui va s'incliner Djo.

— On verra ce soir, dit Nantenen. Je vous trouve dans quelques minutes.

Ils trouvèrent Ouroy sous leur véranda avec une dizaine de jeunes autour d'une théière bouillonnant sur un petit fourneau de charbons. Un jeune se leva, prit la clé des mains d'Aïssatou ainsi que les oranges. Il ouvrit la porte, les déposa sur la table. Deux jeunes se levèrent et demandèrent à Aïssatou et à Djo de s'asseoir.

— Tu ferais bien de te reposer un peu, en attendant que le match commence, dit Djo à Aïssatou.

Il n'y avait pas d'électricité dans tout le quartier. Deux jeunes garçons sortirent le groupe électrogène et le mirent en marche. L'on entra dans le salon et l'on se mit devant la télévision. Aïssatou et Ouroy s'installèrent dans le divan. Nantenen vint et s'assit près de Djo. Certains occupèrent le reste des fauteuils et les autres, surtout les plus jeunes, s'assirent à même le sol. L'on discutait à petits groupes et, de temps en temps, les discussions prenaient de l'ampleur sans que personne ne se rendît compte.

Le match commença et les discussions baissèrent d'intensité. Le son de la télévision emplissait le salon. Lorsqu'une occasion de but se présentait, l'on criait. Mais, le plus souvent, un défenseur ou le gardien de but empêchait que le ballon passât. Les supporters de cette équipe déclenchaient un salve d'applaudissements. La première mi-temps prit fin. L'on bavarda jusqu'à la reprise.

Un peu après la reprise, l'équipe de France inscrivit un but. Ouroy se leva de son divan, courut jusqu'à la véranda en criant : « But ! But ! ». Aïssatou et les autres supporters de la France le suivirent. Ils esquissèrent quelques pas de danse et revinrent s'asseoir dans la joie.

— Les français ont le vrai football, dit Ouroy. Regarde comment Zidane drible. Je l'avais dit : le Brésil n'a plus le talent qu'il avait.

— Il reste toute une mi-temps, répondit Djo. Tu vas voir leur talent.

La deuxième mi-temps continua dans la même ambiance et le match finit avec le même score.

Dès après le coup de sifflet final, les jeunes garçons remercièrent Aïssatou de son hospitalité et sortirent en déclinant le dîner qu'elle leur proposait.

— On n'a pas vu Beckam, dit Nantenen.

— C'est lui que nous attendons pour le dîner, répondit Aïssatou. Il vient de m'envoyer un SMS. Il dit qu'il vient.

— Il avait peur de suivre le match avec nous parce qu'il pensait que la France allait perdre, dit Djo.

— Peu importe ! On a gagné. Il sera le bienvenu, répondit Aïssatou.

Peu de temps après, Beckam arriva en criant « victoire de la France ! ». Aïssatou et Ouroy coururent à sa rencontre. Ils s'embrassèrent et se mirent à danser devant Djo et Nantenen.

— Je vous avais dit que la France est meilleure, dit Beckam.

— La France a juste eu de la chance, répondit Djo point fâché.

— Apporte-nous le manger, dit Ouroy à Aïssatou. Il faut qu'on se régale. C'est un jour de fête.

Ils se mirent à table et dinèrent.

Aïssatou était heureuse de ce regroupement. Durant toutes les décennies passées en Europe, Aïssatou n'avait pas assisté à des rencontres aussi amicales. Ici, l'on s'aimait et l'on se respectait. Partout où elle allait, elle se sentait libre comme chez elle. Inversement, dans sa maison, chaque ami venait et partait comme s'il s'agissait de sa propre maison. Les camarades de Djo la considéraient comme leurs propres épouses et l'aimaient autant.

— Qu'elle est belle, cette vie africaine ! pensait Aïssatou.

VI. Le mari d'Aïssatou est tué pendant les manifestations

Aïssatou entamait son deuxième mois de vie de couple. Elle vivait toujours dans cette petite maison (à une chambre et un salon) que lui avait prêtée son père, à l'intérieur de sa concession. Elle avait projeté de construire une grande maison au centre de la ville ; mais à son arrivée, elle avait préféré investir son argent dans le commerce pour, espérait-elle, n'utiliser que le bénéfice. Mais avec la cherté de la vie, elle comprenait qu'elle devait patienter encore car les maigres sommes que lui déposaient ses boutiquiers ne suffisaient que pour son alimentation. Malgré tout, Aïssatou était heureuse car son mari lui offrait un amour qui dépassait ses rêves, un amour plus romanesque que celui qu'elle avait vécu avec Jacques. Djo passait tout son temps à ses côtés. Il l'aidait dans ce qu'elle faisait et lui évitait la moindre souffrance. De la lessive à la cuisine en passant par les supervisions dans les boutiques, Djo se mettait au-devant et faisait tout pour que sa femme restât au repos. Le bonheur d'Aïssatou grandissait chaque jour car elle s'était persuadée de trouver en Djo l'homme de sa vie.

Seul le chômage de Djo perturbait ce bonheur. Cependant, pour lui comme pour tous ses compatriotes en situation difficile, le changement se profilait à l'horizon car la grève générale qui avait été lancée par la Coordination des Syndicats depuis une semaine devrait mettre fin au calvaire des habitants de Nakry.

*

Aïssatou fut réveillée par les coups de fusils des militaires et le brouhaha de la foule qui passait. C'était le jour de la grande marche organisée par la Société Civile pour protester contre les tueries qui se répétaient depuis une dizaine de jours dans le pays plongé dans une grève générale. L'information avait été répandue par tracts car on interdisait à la télévision nationale de montrer autre chose que les éloges du président. L'information avait pourtant été bien transmise car tous les citoyens étaient au courant. Durant tous ces jours, cette marche représentait le centre de discussion et chacun se préparait pour ne pas rater l'ambiance. Et à entendre la foule, Aïssatou comprenait que la marche avait réussi. Elle sortit du lit, excitée. Elle se prépara très rapidement et vint s'arrêter au portail de la cour. Elle aperçut au loin, sur l'autoroute, la foule qui passait. Très vite elle fut emportée par l'ambiance et vint avec son mari rejoindre la foule. Celle-ci était compacte, infinie, joyeuse, multiethnique et sans âge. Toutes les couches y étaient représentées. Des filles et des garçons, des vieux, des adultes et des enfants, des fonctionnaires et des cultivateurs, tous formaient un ensemble indiscernable, indivisible, sans début et sans fin. On marchait côte à côte et on entonnait des chansons nationales. Par instants, tous se taisaient puis d'emblée criaient fort : «À bas le président ! »

Il faisait beau temps. Le soleil ardent qui d'habitude brûlait le sol de Nakry était couvert par un nuage épais et offrait sa lumière sans beaucoup de chaleur comme pour enchanter la foule et contribuer à sa façon à cette joyeuse marche.

La foule avançait à vitesse mesurée et parcourait des kilomètres sans que personne ne s'en rendît compte. Les familles qui habitaient le bord de l'autoroute distribuaient de l'eau à la foule. Les militaires avec leurs chars, occupaient les différents ronds-points de la ville. Ils tiraient en l'air pour essayer d'effrayer et de disperser la foule. En vain. Chaque coup était applaudi et redonnait plus d'ardeur à la foule. Et d'ailleurs, lorsque les coups se rapprochaient, on rimait les chansons afin qu'elles soient rythmées par les coups. Personne n'avait peur, même les plus jeunes.

Au rond-point Mimo, Aïssatou remarqua un militaire au béret rouge avec une cigarette à la bouche. C'était l'adjudant-chef Oumar. Il tirait en l'air sans arrêt et scandait à chaque tir : « le pays est commandé ». C'était ce militaire qui avait violé, une semaine auparavant, la fillette de l'imam dans la mosquée en construction. Et ce jour encore, il était là, bien là. Il était là avec une mitraillette en main, prêt à faire d'autres crimes, toujours orgueilleux, toujours non coupable. Comment, se demandait Aïssatou, un homme aussi criminel pouvait-il posséder une arme devant une foule aussi nombreuse ? Pourquoi était-il toujours libre ? Pourquoi était-il toujours en tenue ? Une vague de colère traversa Aïssatou. Elle courut prendre une grande pierre et s'apprêtait à la lancer sur la tête de ce militaire criminel quand Djo saisit sa main : « Non, ce n'est pas le moment, dit-il. Cette marche est pacifique et on ne doit faire du mal à personne ». Elle laissa tomber la pierre et calma sa colère par un long soupir.

La marche continua, animée, longue, interminable mais ravissante. L'on marchait et l'on chantait. L'on marchait, les pieds s'alourdissaient. L'on marchait et l'on s'encourageait. L'on marchait et les heures passaient. L'on marchait et l'on marchait.

De loin, Aïssatou aperçut le Pont-des-pendus. C'est en ce temps qu'elle sut qu'elle avait fait une dizaine de kilomètres depuis son domicile. Ce pont représentait l'entrée du quartier présidentiel. Et là, l'on sentit directement que la mort planait sur la foule. Les fusils retentissaient de plus en plus forts. Et cette foule désormais faite de cadavres ambulants marchait toujours avec la même détermination. Brusquement, la foule fut effrayée par une sorte de séisme. C'était un obus qui était lancé non loin. Cet effroi brisa la force qui unissait la foule et les braves marcheurs se dispersèrent. Alors, les camions militaires foncèrent et la panique grandit. Aïssatou oublia les kilomètres parcourus et courut avec Djo vers le cimetière dont la cour longeait la route. Des corps s'écroulaient ici et là dans un spectacle triste. Les cris des uns et les pleurs des autres donnaient à cette scène un effroi de fin du monde. Ils arrivèrent au niveau du mur de la cour du cimetière et d'un geste acrobatique, Djo aida Aïssatou à monter. La femme était sur le mur et s'apprêtait à sauter dans le cimetière pour se réfugier quand le jeune homme s'affaissa. Une balle avait percé son thorax juste entre les omoplates. Il regarda sa femme et n'eut pas le temps de faire ses adieux. Il perdit connaissance. Aïssatou ne comprit pas d'emblée. Elle leva les yeux et vit les deux militaires qui s'embrassaient comme pour célébrer une victoire. Leur camion bougea en trombe. Aïssatou les suivit des yeux, point effrayée. Le camion disparut dans un nuage de fumée, toujours sous les rafales. D'autres camions passèrent et les tirs continuèrent. Aïssatou descendit et s'agenouilla près du corps ensanglanté de son mari. Elle le regarda et comprit que sa fin était proche. Avec ses yeux toujours ouverts, Djo semblait regarder sans voir. Aïssatou approcha son visage pour intercepter une quelconque réaction. Mais ce regard n'était plus de ce monde. Et pourtant, il respirait bruyamment ; Aïssatou fit rapidement le lien entre ce qu'elle voyait et les dernières détresses respiratoires que faisaient les chèvres égorgées. Puis l'intensité de la respiration dégringola et toute la machine finit par s'arrêter ; tout devint calme d'un coup. Son âme venait de s'envoler. Un mélange de pitié et de haine paralysa tout le corps d'Aïssatou. Elle s'affaissa sur le cadavre et s'évanouit.

Lorsqu'elle reprit connaissance, l'ambulance de la Croix-Rouge était là. Une centaine de corps gisaient par terre, la plupart étaient sans vie. Nulle part, ni au cinéma, ni dans les livres, Aïssatou n'avait vu une scène avec autant de mort d'hommes ; mais elle savait (on le lui avait enseigné en religion) qu'un jour viendra où les vivants mourront tous ensemble. Peut-être, se dit-elle, qu'elle vivait ce jour sans le savoir. « Non ! se contredit-elle rapidement, car je suis vivante, les volontaires de la Croix-Rouge aussi ». Ces derniers ramassaient les corps et les entassaient dans leur fourgonnette. Il leur fallut plusieurs tours pour emmener tous les corps. La jeune femme était assise par terre près de son mari et suivait les va-et-vient de la fourgonnette. Le corps de Djo fut parmi les derniers à être ramassés. Lorsqu'ils s'approchèrent pour le prendre, Aïssatou s'opposa ; elle ne savait plus quoi faire. Elle sanglotait, et par son regard, elle essayait d'effrayer ceux qui voulaient s'approcher de son mari. Mais les bénévoles de la Croix Rouge comprirent sa tristesse et lui firent part de leur compassion. Aïssatou céda et le corps fut pris dans une civière. Elle ne le quittait pas du regard et marchait juste derrière les quatre hommes qui tenaient la civière. Le groupe bougeait dans un silence absolu. Personne n'arrivait à retenir les larmes, même ces volontaires de la Croix-Rouge bien avertis et habitués à offrir leur assistance lors des grandes catastrophes. Ce spectacle les dépassait. Les portes de la fourgonnette furent ouvertes et Djo fut couché près de six autres jeunes qui, deux heures auparavant espéraient à un changement auquel ils goûteraient. Aïssatou voulut monter pour rester avec eux et les accompagner partout où ils iront. Mais on l'en empêcha. Elle regardait les corps sans cligner les paupières. Les portes de la fourgonnette se refermèrent et Aïssatou ne revit plus jamais Djo. On la fit monter dans une voiture et les deux véhicules se dirigèrent vers la morgue.

Le soir, tout le quartier se donna rendez-vous chez Aïssatou. Comme à l'accoutumé, on venait écouter l'avis de décès avec la famille du défunt pour leur témoigner de la solidarité. L'enterrement s'était déroulé à la fin de journée peu avant le coucher du soleil. L'avis de décès devait passer à 20 heures à la radio. Juste après le crépuscule, tout le monde y arriva et le salon fut rempli. Aïssatou, vêtue de blanc, était assise au milieu du salon dans un fauteuil, le chapelet à la main. Elle avait le regard figé à l'Est et était totalement inerte. Kaou vint le dernier, la radio à la main. Il s'assit dans l'assistance toujours muette. Depuis les faits, hormis les chansons militaires et les éloges du président, aucune émission ne passait à la Radio Nationale qui, ce jour, était l'unique média accessible. L'on écoutait, embarrassé mais attentif aux avis de décès qui devaient passer d'un instant à l'autre. L'heure était passée et toujours les mêmes chansons, les mêmes répétitions. Enfin, une voix se fit entendre et l'assistance devint plus attentive. Mais non ! Ce n'étaient pas les avis de décès. C'était la voix du Président de l'Assemblée Nationale qui se fit entendre : « Mesdames et messieurs, chers compatriotes, dit-il. Notre pays vient de vivre l'une des journées les plus tourmentées de son histoire. Mais grâce au courage de nos militaires, le calme est revenu. Mesdames et messieurs, des mercenaires venus des pays voisins voulaient renverser notre président. Mais grâce à notre solidarité traditionnelle, notre armée, toujours aussi forte que d'habitude, les a exterminés. Et aucune perte en vies humaines n'a été enregistrée parmi nos citoyens. Vous pouvez vous en réjouir. Chers compatriotes, nous avons dit non au Général de Gaulle. Nous dirons non à tous les ennemis de la patrie. Vive le président de la république ! Vive l'armée nationale ! Je vous remercie.» et les chansons militaires reprirent. D'un geste rageur, Kaou éteignit la radio.

Excepté Aïssatou qui n'y avait prêté aucune attention, chacun fut choqué et indigné par cette déclaration éhontée prononcée par un soi-disant représentant du peuple.

Dans l'assistance, la réaction fut la même ; personne ne dit mot. Chacun observa un instant de silence. Puis Kaou prit la parole :

— Aïssatou, nous te présentons une nouvelle fois nos condoléances les plus attristées. Que l'âme de ton mari aille au paradis ainsi que celles de tous nos parents décédés. Amen ! Prions pour eux et attendons notre tour. Nous avons été informés aussi de la destruction de tes boutiques par les miliaires. Nous te recommandons de savoir que tout ceci n'est que la volonté de Dieu. Que la paix soit sur vous !

— Que la paix soit sur vous aussi ! répondit Aïssatou.

Sur ces mots, Kaou se leva et sortit. Puis un groupe le suivit puis un autre…. En quelques instants, Aïssatou sentit qu'elle était seule dans sa maison, seule au monde. Elle avait tout perdu ce jour. Son mari la quittait pour l'éternité et les boutiques où elle avait investi tout ce qu'elle avait gagné durant sa décennie d'expatriation avaient été pillées et le reste brûlé par les militaires. Elle se mit à marmonner :

« Que ma maison est vaste, vraiment vaste ce soir !
Aucun être dans les chambres et aucun au couloir.
Mon mari est mort et je suis seule ce soir.
Je suis une veuve tombée dans le désert,
Le désert sans horizons.
Aujourd'hui, j'ai besoin de m'en aller ;
Mais le désert est si vaste
Que je ne vois pas ses limites.
Je suis une veuve,
Une veuve perdue dans le désert,
Le désert sans horizons.
Je ne suis qu'une veuve
Une pauvre veuve. »

VII. Les hommes se font juges

Il était dix-sept heures. Aïssatou, assise sur un tabouret pensait à son mari Jacques. Une année s'était écoulée depuis la fin de son veuvage officiel et déjà, elle commençait à penser à de nouvelles aventures amoureuses. Aïssatou savait qu'elle n'avait pas ce droit, que c'était plus qu'un crime chez elle d'être revue avec un autre homme sauf pour mariage. Et pourtant, la nature humaine l'impose. Aïssatou ne pouvait s'empêcher d'y penser. Elle se sentait de plus en plus en meilleure forme et retrouvait un charme d'adolescente. Le chahut des amis de Djo qui, une année plus tôt, avaient peur de la regarder (par respect du veuvage), la rassurait. Elle répondait avec grand plaisir au chahut sans montrer le moindre signe de frustration et cherchait les mots les plus séducteurs. Certains n'hésitaient pas à l'inviter à s'asseoir avec eux autour d'un thé où ils bavardaient à longueur de journée. Aïssatou répondait par un sourire et déclinait l'offre.

Aïssatou était une femme respectée et aimée de tous les jeunes du quartier. Peut-être à cause de l'amour qu'elle a témoigné à son mari, un des leurs. Comme eux, Djo n'avait aucun revenu mais forma avec Aïssatou (malgré sa fortune d'alors) l'un des couples les plus admirables du lieu. Maintenant qu'Aïssatou avait tout perdu, les amis de Djo lui étaient reconnaissants et, par conséquent, lui accordaient une grande affection. Comme d'habitude, ses trois anciens amis se distinguaient parmi eux par le nombre de visites qu'ils lui rendaient : Ouroy, Nantenen et Beckam. La maison d'Aïssatou redevint leur lieu de rencontre. Le soir, après le boulot, ils s'y rendaient pour lui tenir compagnie et lui faire oublier les moments pénibles qu'elle a traversés.

Les trois amis passaient leur temps dans le salon d'Aïssatou. Lorsque celle-ci trouvait des sous, elle leur préparait un plat qu'ils savouraient avec grande joie. En eux, Aïssatou avait trouvé les mains qui essuyaient ses larmes, les amis qui couraient pour la secourir, bref la famille qui l'a tant aimée. Nuit et jour, pendant son temps libre, Aïssatou venait s'asseoir à côté d'Ouroy et de Beckam qui lui accordaient un grand respect. Ils l'aimaient et d'un amour fraternel. Aïssatou avait trouvé les jeunes frères qui lui ont manqué depuis sa naissance.

Mais, Kaou n'appréciait pas cette fréquentation. La misère d'Aïssatou aidant, il considérait illicites ses visites et s'y opposait catégoriquement. Il commença par alerter le père d'Aïssatou qui la convoqua la même nuit après le diner pour lui donner des conseils :

— Ma fille, avait-il dit, tu as fait ces deniers jours une mutation brusque. Je l'avais remarquée, mais aujourd'hui encore mon cœur est meurtri par les remarques que Kaou m'a faites à ton sujet. Es-tu consciente de ce que tu fais ?

— Oui, répondit-elle.

— Je me doute. Écoute-moi bien. Lorsque tu t'arrêtes devant moi, mon cœur se vide de tout pour laisser la place à toi et à ta défunte mère. Tu es la créature que j'aime le plus sur terre. Mais sache que j'ai hérité de mes parents un sang pur non souillé par le moindre adultère. Cet avantage, ce don ne sera pas terni par ma faute. Fais donc beaucoup attention.

— Père, répondit Aïssatou, c'est ce sang que j'ai hérité de toi et qui circule dans mes vaisseaux. N'est-ce pas ? Je sais ce qu'on t'a dit. Mais permets-moi de lutter contre ma solitude pour oublier le décès de mon mari et les déceptions que j'ai eues dans ma vie. Je te garantis que

Beckam et Ouroy ne sont que des frères pour moi et que je les considère comme tels.

Aïssatou s'exprimait avec un cœur juste. Jamais en effet, elle n'avait considéré Ouroy et Beckam comme des hommes qui devaient profiter de sa nudité. C'est pour cela qu'elle préservait le maximum de pudeur en leur présence. Ils vivaient ainsi liés l'un à l'autre par cet amour fraternel qui lie une fille à son frère.

*

Aïssatou était assise par terre au milieu du salon, en train de préparer de la salade pour la petite famille. Ouroy, à ses côtés, l'aidait à éplucher les légumes. Beckam était sur une chaise, le cahier à la main. Les trois amis riaient à grand éclat et humaient la délicieuse odeur du plat. Au moment où elle invitait Beckam de venir les rejoindre pour manger, Aïssatou entendit une voix qui la fit trembler : c'était Kaou qui vociférait des injures à son égard ; elle fut prise de panique et Kaou bondit à l'intérieur de la maison.

— Le sang de ton mari n'a pas encore fini de se refroidir et te voilà déjà à la recherche illicite d'hommes. Tu n'éprouves aucun respect pour l'âme de ton mari, aucun respect pour nous tes parents. Tu es comme une femelle entourée de mâles ayant les langues pendantes et flairant la moindre odeur pour s'accoupler. La société te déteste Aïssatou, car tu la souilles et tu la salis. Que tu es maudite !

C'est au dehors qu'il termina le reste de ses injures. Aïssatou ne comprenait rien. Elle fut sidérée par la honte et l'humiliation qu'elle subit devant les deux personnes qui lui accordaient le plus de respect et de considération.

Ouroy et Beckam observaient la scène, totalement silencieux. Ils ne savaient quoi faire pour consoler leur compagne. Aïssatou se leva brusquement comme une athlète qui s'élance. Malencontreusement, elle marcha sur le bord de l'assiette dont le contenu se déversa. La vitesse de sa démarche était tellement grande qu'elle ne se rendit pas compte. À la rapidité de l'éclair, elle sortit et, soudain, ses deux amis entendirent un cri. Ils sortirent à leur tour et trouvèrent Aïssatou étendue par terre, une perle de sang au front. Elle s'était évanouie.

— Elle est épileptique, n'est-ce pas ? demanda Ouroy à Beckam.

Mais il ne reçut pour toute réponse qu'un regard sur lequel se lisait une grande pitié.

Kaou raconta à tous les sages du quartier le mauvais comportement qu'adoptait, à ses yeux, Aïssatou. Puis, peu à peu, les rumeurs sur ses présumées relations illicites se répandirent dans la cité. Certains racontaient qu'elle recevait dans le lit de son défunt mari l'époux de sa meilleure amie. Pour d'autres, elle se livrait à la fois aux deux amis de son mari sous la complicité de son père. Chacun, chaque personne inventait les comportements les plus ignobles pour les lui attribuer. Trois ans plutôt, Aïssatou était, par sa fortune, l'exemple de la réussite et la bonne graine issue de parents nobles. Désormais, à cause de sa misère et de sa malchance, elle était considérée comme le porte-malheur de la société et le symbole de la débauche héritée de ses parents irresponsables. Les hommes se font juges et leur estime est proportionnelle à la fortune.

VIII. *La veuve violée à Nakry*

La nuit s'était installée. L'obscurité englobait la ville de Nakry. Les rafales des mitraillettes commençaient à être entendues aux différents carrefours. Depuis une dizaine de jours en effet, depuis le début de l'état de siège instauré pour réprimer la grève qui ne s'estompait pas, les coups épouvantables des fusils avaient remplacé la musique recréatrice des bars qui animait la ville.

Il faisait très noir.

L'on se hâtait de rentrer dans les maisons ; personne n'osait rester au dehors de peur d'être transpercé par une de ces dangereuses balles qui arrosaient la ville.

Aïssatou, fatiguée par la solitude sortit de sa maison isolée au coin de la concession et courut vers le salon de son père. Il le trouva sur une natte, le chapelet à la main, attendant la prière de vingt heures. La mosquée n'était plus fréquentée pour cette prière car chacun craignait d'être violenté par les militaires. Aïssatou vint s'assoir dans un des fauteuils et alluma la radio. La réaction de son père ne tarda pas :

— Éteins cette radio, ma fille ! dit-il pitoyablement. Tu sais ce qui s'est passé dans la famille de Moussé Diallo (une bande de militaires avaient défoncé la porte de leur maison et avaient violé deux filles qui dormaient au salon). Il nous est interdit de faire signe de vie et le son de la radio peut les attirer. Pour t'occuper, va voir s'il reste du feu au fourneau et réchauffe le repas.

Aïssatou comprit les inquiétudes de son père. Elle se leva, et se dirigea vers le couloir où se trouvait le fourneau. Par un souffle, elle chassa l'épaisse cendre qui recouvrait les braises. Elle y posa la casserole et alla chercher la sauce sur la table.

Après le dîner, elle rejoignit sa maison, vérifia que toutes les portes étaient bien fermées et partit se coucher.

Tard dans la nuit, elle fut réveillée en sursaut par les rafales de fusils. La patrouille militaire était dans leur quartier pour une nouvelle fois. Aïssatou se leva, presque paralysée par la peur. Les rafales continuaient et semblaient se rapprocher de sa maison. Puis, elle entendit le bruit des bottes à sa véranda. C'était son tour cette nuit. Un coup de fusil se fit entendre tout près, puis un autre coup sur la serrure et la porte s'ouvrit. Quatre hommes, aux yeux rouges, en tenue militaire, les fusils en bandoulière et des mèches de cigarettes en bouche, surgirent à la porte. Aïssatou ne fut point surprise. Ils entrèrent à l'intérieur de la maison, feignant ignorer sa présence et manquant de très peu de la bousculer. Elle fit un geste pour les éviter et les laissa passer. Comme des machines programmées, ils partirent prendre la télévision et la déposèrent au milieu du salon. Ils entrèrent dans la chambre, ouvrirent les tiroirs et sortirent les bijoux qui s'y trouvaient. Ils tentèrent d'ouvrir l'armoire qui était fermée à clé. L'un d'eux sortit son revolver et tira. La serrure, vaincue, céda et la porte s'ouvrit d'elle-même. Ils fouillèrent partout, sortirent tous les vêtements, sélectionnèrent quelques habits qu'ils envoyèrent au salon près de la télévision. Énervés car ne trouvant pas ce qu'ils cherchaient apparemment, ils stoppèrent. L'un des trois hommes sortit son poignard et fendit la couverture du matelas, espérant trouver les sommes d'argent. En vain. Puis ils braquèrent leurs fusils Aïssatou et demandèrent d'une voix terrorisante :

— Où as-tu caché l'argent, femme maligne. Tu nous le donnes ou on te tue.

— Je jure par Dieu que je ne suis qu'une pauvre veuve sans aucun sou. Vous pouvez chercher, si vous trouvez de l'argent, faites de moi ce que vous voulez.

Les militaires se regardèrent et n'insistèrent point. Puis l'on posa le bout du canon sur le sein d'Aïssatou qui grimaça de douleur :

— De toute façon, tu es une belle dame qui peut nous servir et nous n'allons pas rater cette occasion. On va passer un moment d'extase avec toi.

Aïssatou fut violée tour à tour par ces quatre hommes dont elle ne connaissait ni l'origine, ni l'identité. On lui ôta ce qui lui restait de précieux avant de la laisser saignante et humiliée au milieu du salon. Les quatre militaires prirent leur butin et sortirent, en tirant en l'air pour mettre en garde un éventuel secours. Lorsqu'ils furent loin, Aïssatou se releva tremblotante et rabattit la porte. Elle s'affaissa dans un fauteuil et se mit à pleurer.

Le lendemain à l'aurore, tous les voisins se regroupèrent chez elle. Cette scène n'avait échappé à personne ; tous les voisins avaient su que la maison de la veuve avait été cambriolée par les hommes armés. Mais personne n'avait tenté de la secourir car, pour ces militaires, la vie d'un citoyen était moins respectée que les crottes d'un chien enragé et ils abattaient toute personne qui se dressait au travers de leur chemin, sans se soucier d'avoir à rendre des comptes à qui que ce soit. L'on le savait et Aïssatou aussi le savait. Il n'y avait point de reproche à faire aux voisins. Ainsi, au réveil, chaque voisin, avant même la prière, courait chez elle pour s'enquérir de ses nouvelles. Tous s'inquiétaient pour Aïssatou car les grandes filles étaient la cible de ces militaires qui en abusaient sexuellement. Mais Aïssatou avait décidé de garder cette douleur et de n'en parler à personne. On l'avait auparavant qualifiée de malchanceuse et de porte-malheur pour la société ; divulguer cette humiliation justifierait tout ce dont on l'accusait. C'est pourquoi, elle disait à tout venant que les militaires n'avaient pris que les biens et que Dieu l'avait épargnée de cette horreur. Alors, l'intéressé soulagé ouvrait des discours, racontant des scènes pareilles vécues dans d'autres concessions. Les récits se ressemblaient et finissaient presque tous par la même conclusion : « ce sont les militaires de la garde présidentielle. Que Dieu nous aide maintenant ! »

Seul Kaou, connu pourtant pour son bavardage devant des évènements pareils, restait calme. Il écoutait les différents récits sans donner de commentaires. Il avait l'air pensif, se sentant impuissant devant ces scènes révoltantes. Lorsqu'Aïssatou lui décrivit (en omettant volontairement le viol) le déroulement de la scène, Kaou mit son menton dans sa main et murmura : « Ah la dictature militaire, quel enfer ! »

IX. Enceinte de ses violeurs

Il faisait tard. Aïssatou fut réveillée par une sueur abondante qui mouillait sa literie. Elle se leva et eut du mal à reconnaître sa chambre. Des vertiges la secouaient. Elle fut prise de nausées. Elle courut vers la porte et l'ouvrit bruyamment. Elle se courba et se mit à vomir. Son père, réveillé par le claquement de la serrure, sortit de sa maison et vint près d'elle, inquiet. Il tint son front jusqu'à ce qu'elle eût fini de vomir. Il l'aida à s'asseoir au perron et demanda :

— Que t'arrive-t-il ?

— Juste quelques malaises. Mais ça va, répondit Aïssatou. Je crois que c'est passager.

— Non, j'ai remarqué aussi que tu ne manges pas bien depuis quelques jours. Tu es peut-être malade. N'as-tu pas mal ?

— J'ai de légères douleurs abdominales. Ce sont surtout les vertiges qui me fatiguent.

— On devrait aller à l'hôpital. J'ai peur que ça ne s'aggrave.

— Attendons le matin, dit Aïssatou. Je n'ai rien de grave.

— Alors, j'amène ma natte pour rester à côté de toi. Comme ça, nous irons à l'hôpital si les douleurs persistent.

Aïssatou voulut l'empêcher. Mais le père n'attendit pas de confirmation et partit vers sa maison. La nuit était très noire et, à travers le silence de la ville, Aïssatou comprit qu'on était au milieu de la nuit. Le coassement d'une grenouille se faisait entendre derrière les toilettes. Des cigales chantaient dans un tintement ininterrompu. Le père revint avec la natte et l'étala à la véranda. Il s'y assit et dit à Aïssatou :

— Va te coucher ! Mais laisse la porte ouverte. Appelle-moi si tu as mal.

Aïssatou se leva et rentra, réconfortée par cette grande affection paternelle.

À l'aube, au moment où les muezzins appelaient pour la prière, Aïssatou sortit de nouveau et vomit. Son père était en train de faire ses ablutions dans la douche externe. Elle s'efforça à le faire si calmement qu'il ne l'entendît pas. Elle se précipita de rentrer dans sa chambre. Elle se coucha, haletante et écouta, dans le silence de l'aube, les appels des muezzins. Elle s'endormit.

Le matin, elle fut réveillée par l'appel de son père :

— Oui papa, dit-elle de manière énergique pour dissuader son père de partir à l'hôpital.

— Tu as souffert cette nuit. Je suis content de t'entendre.

— Ce n'était pas grave.

Elle sortit et vint trouver son père à la véranda, essayant de dissimuler sa fatigue.

— Il faut qu'on parte à l'hôpital.

— Non, papa ! Ça va.

— Nous partons maintenant, dit tendrement le père. J'ai peur que ta maladie ne s'aggrave.

Aïssatou n'avait pas peur de l'hôpital. Mais elle savait qu'il leur faudrait beaucoup d'argent. Connaissant la situation financière de la famille, elle préférait attendre que ses maux se dissipent d'eux-mêmes.

— Aujourd'hui, je n'ai pas un franc, dit le père. Est-ce que tu as de l'argent ?

— Je n'en ai pas aussi. Mais ne vous inquiétez pas. Ça ira.

— Non, fais ta toilette et prépare-toi.

Le père partit chez les voisins pour emprunter de l'argent. Il revint une trentaine de minutes après. Les rides de son visage traduisaient l'inquiétude et la fatigue (il n'avait pas dormi toute la nuit).

— Allons-y, dit-il à Aïssatou.

Elle ne chercha plus à le dissuader. Ils rencontrèrent Kaou à la sortie de la concession.

— Aïssatou n'a pas dormi cette nuit, lui dit le père. Je l'accompagne à l'hôpital.

— Que tu es pressé ! répondit Kaou. Vous devriez d'abord essayer les feuilles et les écorces. Quand on sait qu'on n'a pas d'argent, on doit faire attention à ce qu'on fait. Vous vous prenez pour des princes !

Il les laissa et partit sans attendre de réplique. Son comportement ne les surprit point. Kaou ne cachait plus la haine et le mépris qu'elle avait pour Aïssatou. Depuis la dégradation de ses conditions financières, il la considérait comme source de tous les maux de la société. Ils continuèrent leurs chemins.

Le taxi qu'ils louèrent était un tas de ferraille rouillée. Il n'y avait pas de vitre à l'arrière. Le chauffeur était un homme d'une noirceur de charbon, vêtu d'une chemise déchirée par-ci, cousue et recousue par-là, entièrement mouillée par la sueur. Ses mains sales donnaient une idée sur les nombreuses pannes qu'il tentait de réparer chaque jour. Aïssatou et le père s'assirent au siège de l'arrière. Les coussins étaient sans couverture. Le plancher était troué entre les sièges de devant et ceux de l'arrière. L'intérieur sentait l'odeur du piment et celle du gas-oil. Le chauffeur descendit, poussa la voiture par le bras gauche

alors que son bras droit, resté au volant, la dirigeait. Lorsque la voiture prit un peu de vitesse, il sauta à l'intérieur et remua le levier de vitesse. Le moteur gronda. Le chauffeur apparemment soulagé se tourna vers eux :
— Cette voiture m'a fatigué la semaine passée. Maintenant, elle démarre au premier essai.

La fumée noire qui s'échappait à travers le trou réveilla des nausées chez Aïssatou. Elle sortit la tête à travers la vitre et vomit.

La cour de l'hôpital était très vaste. Elle comportait plusieurs entrées : une principale et plusieurs secondaires (clandestines devais-je dire). À l'entrée principale, l'on réglait les formalités de paiement officiel. Aïssatou et son père se présentèrent à l'une de ses portes clandestines ; ce qui leur évitait de payer le prix réel. Elle était gardée par un militaire posté par un des responsables de l'hôpital. Le père lui remit discrètement de l'argent et il les laissa passer. Aïssatou fut choquée de voir un immense tas d'ordure à quelques mètres des fenêtres sans vitre des salles d'hospitalisation des prématurées. Elle manqua peu de marcher sur des excréments frais. Des mouches noires volèrent. Des femmes portant des seaux d'eau les devancèrent. Aïssatou les regarda monter l'escalier. L'une d'elles, par ses explications, semblait affolée par la maladie de son bébé.

Aïssatou suivit son père à l'entrée d'un bureau occupé par des femmes en blouse qui bavardaient. Ils saluèrent. Les femmes les regardèrent et sans répondre à la salutation continuèrent le bavardage. Le père ne semblait pas fâché. Il dit calmement à Aïssatou :
— Ils ne sont pas gentils, les habitants du sud. Comme d'apparence, nous ne sommes pas riches et surtout que nous avons des traits du nord, ils éprouvent de la haine pour nous.

— Allez à l'autre bureau, dit un inconnu derrière eux. C'est un de nos parents du nord qui est là-bas.

Ils entrèrent et saluèrent dans leur dialecte. Avec un sourire au coin des lèvres, le médecin leur demanda de s'installer. Lorsque le père lui dit avec détails les motifs de la consultation, il lui demanda d'attendre au dehors et rabattit la porte.

Aïssatou sortit du bureau avec le médecin. Son père était là, debout, les oreilles aux aguets et le regard inquiet. Il était pris par la peur de perdre cette fille unique qui représentait la moitié de son cœur. À la sortie du médecin, l'angoisse glaça son corps. Il essaya de parler, mais sa gorge était nouée par une force inconnue. Le médecin parla le premier :

— Qui êtes-vous pour cette dame ?

— Son père, répondit-il péniblement. Comment va-t-elle ? Pensez-vous que vous pourrez la sauver ?

— Il n'y a rien de grave. On vient de faire les examens et votre fille doit être suivie par nos collègues de ….

— Dites-moi la vérité ! Doit-on l'opérer ?

— Non. Nos collègues du service de Maternité. Elle est enceinte.

— Enceinte ? cria le père.

Il n'en crut pas ses oreilles. Il prit sa tête dans ses mains et s'agenouilla par terre. La terre semblait bouger sous ses pieds. Ses yeux ne virent que le noir et la réponse du médecin ne parvint pas à s'introduire dans ses oreilles. Il était à moitié mort. Il venait de perdre le sens de sa vie. Il était venu pour sauver sa fille, lui témoigner de son affection. Mais, il savait qu'il ne pouvait rien maintenant. Sa fille l'avait trahi et s'était donnée à l'adultère. L'erreur était irréparable. Si on le lui avait demandé, il aurait préféré qu'elle meurt, qu'il l'enterre. Après, il aurait organisé des prières pour le repos de son âme. Il aurait alors obtenu le soutien de l'imam et de ses amis. Il aurait vite oublié sa détresse. Mais, ce n'était pas le cas. Il la perdait sans qu'elle ne meure car il n'existe pas, pour un père de famille, une déception plus amère que voir sa fille sans mari enceinte. Aïssatou était enceinte. Elle avait tout rompu. Elle avait ainsi osé humilier sa famille, souiller son sang pur, trahir son père et déclencher la haine des aïeux contre elle. Son père avait à choisir entre elle et la famille car, par cet acte, elle venait de prouver qu'elle n'était plus de la lignée de ses aïeux, qu'elle n'avait pas d'ascendance et que sa lignée devait commencer par elle. Accroupi au sol comme s'il priait, le père y pensa longuement puis prit sa décision.

X. Aïssatou est chassée de la maison paternelle

Aïssatou revint à la maison en début d'après-midi, sans bénéficier de la consultation du service de maternité ; son père l'avait laissée sans payer la première consultation. Et c'est un voisin qui l'avait ramenée dans sa voiture.

Lorsqu'elle arriva près de la maison, elle fut prise de panique et de terreur. La maison qui l'avait bercée depuis l'enfance ne lui souriait plus. Et d'ailleurs, il lui semblait qu'elle lui lançait des regards courroucés. L'entourage de l'être humain n'est qu'une espèce de caméléon susceptible de changer de couleur à chaque instant ; tantôt il est joyeux et égaie l'être, tantôt il le prend comme ennemi et lui déclare la guerre. Aïssatou se trouvait à cet instant, dans ce dernier cas. Rien ne lui souriait, tout était méchant et affreux envers elle. Son père était assis près de la porte de la maison, pleurant à chaudes larmes. Près de lui, gisaient deux sacs de voyage. Lorsqu'il vit Aïssatou, il sanglota de tout son corps. Aïssatou fut frappée de pitié et pleura aussi.

— Aïssatou, lui dit son père, cette maison est désormais petite pour nous deux, on ne peut plus rester ensemble. Si, hier, je pensais être ton père, aujourd'hui je te déclare que je ne le suis pas. Je t'attendais ici pour te prononcer mes dernières paroles. Tu as fait de l'adultère ton pain quotidien malgré mes mises en garde. Voilà qu'aujourd'hui tu fais honte à la société, à moi ton père et à ma famille. Mais, moi, je refuse de couvrir et d'héberger cette honte chez moi. Alors l'un de nous doit quitter la maison aujourd'hui et c'est pour l'éternité. Si tu tiens à y rester, je m'en irais jusqu'à l'endroit où je serai terrassé par la mort. Au cas contraire, prends tes affaires et va-t'en. Un dernier mot, sache que je considère que je n'ai jamais eu une fille qui s'appelle Aïssatou et fais aussi comme si je n'ai jamais existé dans ta vie. Adieu et que Dieu nous sépare pour toujours !

Aïssatou fit semblant de ne rien entendre. Elle vint prendre son sac et s'en alla. Lorsqu'elle fit quelques pas, elle se retourna et vit son père agenouillé qui pleurait. Elle s'arrêta un instant, puis continua son chemin : « Adieu ! »

*

Une semaine s'était écoulée depuis qu'Aïssatou vivait dans la maison de Nantenen, la femme d'Ouroy, sa meilleure amie. Une centaine de mètres seulement la séparaient de la concession de son père et depuis qu'elle l'avait quitté, elle ne s'y était jamais retournée (la concession lui était interdite) et son père (bien qu'il soit au courant qu'elle était encore dans le quartier) ne demandait pas des nouvelles d'elle. Le cordon qui les liait était rompu et chacun d'eux avait décidé de ne plus y penser. Le père se sentait trahi par ce qu'il avait de plus cher au monde et Aïssatou se révoltait intérieurement contre l'injustice qu'elle subissait et s'enorgueillissait de son innocence.

La jeune femme s'adaptait peu à peu à sa nouvelle vie. Elle se levait tôt pour aider Nantenen aux travaux ménagers. Elle passait tout son temps à l'intérieur de la maison à côté de son amie. Elles se racontaient des histoires, parlaient de leurs vies ou s'adonnaient au jeu de Ludo ou à des émissions télévisées. Nantenen n'était pas parmi les plus nantis du quartier. Les repas qu'elle préparait (bien moins gras que ceux qu'Aïssatou avait l'habitude de prendre chez elle) lui convenaient. Le goût d'un repas ne dépend pas de sa saveur mais de la manière de le servir et de l'affection qu'on ressent pour celle qui le sert. Aïssatou mesurait à sa juste hauteur l'affection dont Nantenen lui témoignait. Elle pouvait se sentir comme chez elle.

Mais, au dehors, Aïssatou n'était regardée que du coin de l'œil, rejetée et haïe par tout le monde. Un soir, meurtrie par la déception et le désespoir, elle décida d'en finir. Après le dîner, elle se confia à son amie :

— Nantenen, je veux que tu m'aides à quitter Nakry. Je ne me sens plus en vie ; rien ne me sourit plus, excepté Ouroy et toi.

— Non, Aïssatou. Je comprends ta douleur et suis vraiment touchée. Je sais tout ce qui se raconte sur toi ; mais j'ai entière confiance en toi. J'ignore l'origine de ton état, mais je suis convaincue que tu as tes raisons et que ceci ne peut être une erreur. J'aimerais donc que tu restes à mes côtés jusqu'à ce que la société te comprenne.

— Non, répondit Aïssatou en larmes. Personne ne comprendra jamais rien. On n'en a pas besoin. Si tu veux me soulager, aide-moi à partir à Saaré.

Nantenen ne discuta plus. Elle alla informer son mari et revint remettre le transport à Aïssatou qui la remercia par un sourire. Puis elle ôta son collier et dit d'un ton sérieux :

— Je te laisse ce collier qui porte mon nom. C'est un cadeau pour ta première fille. C'est mon père qui me l'a offert. Je quitte cette ville comme une personne sans origine et sans famille. Je trouve injuste de partir avec un si joli cadeau provenant d'un père affectueux. Je m'en vais pour toujours. Mais, j'espère que le bébé que je porte reviendra le chercher un jour.

— Merci ! fit Nantenen en pleurs. Sache que ton départ me chagrine beaucoup. Je te promets que je ne t'oublierai jamais.

Aïssatou la regarda longuement et partit faire sa valise. Elle allait enfin quitter Nakry et finir avec cette vie de prisonnière. Elle allait partir à Saaró où personne ne se douterait de son histoire. Là-bas, elle sortirait sans que tous les regards ne soient tournés vers elle ; elle sortirait sans porter atteinte à l'honneur de sa famille. Sa vie normale reprendrait.

XI. Aïssatou devient servante

On était au mois de septembre. Le soleil se levait lentement. La pluie qui avait arrosé la ville toute la nuit cédait la place au soleil qui brillait déjà. Le ciel bleu presque dépourvu de nuages annonçait la beauté du jour. Il faisait relativement frais et un léger vent soufflait. Dans la concession, les enfants gambadaient et leurs cris emplissaient la nature. De temps en temps, Maïmounatou les rappelait à l'ordre par un cri et un silence éphémère s'installait. De l'autre côté de la cour, un enfant articulait les syllabes de l'arabe. Son père, assis à côté, le fouet à la main, imposait son autorité intime comme un roi devant ses soldats. Un coq chanta tout près.

Aïssatou qui s'était réveillée dès les premiers bruits gardait le lit. Elle se dégourdit et se retourna, paresseuse. Elle réfléchissait sur son emploi du temps trop chargé du jour. Maïmounatou vint frapper à la porte entrouverte de la chambre et l'ouvrit. Elle cria :

— Tu es encore couchée, Aïssatou, depuis qu'il fait jour ! Je t'ai maintes fois dit de ne pas accepter de te lever tardivement ; tu es venue ici pour travailler et non pour dormir comme un hippopotame. Mais tu refuses de changer ; lève-toi maintenant. Tu sais que nous avons beaucoup de choses à faire.

— D'accord, dit Aïssatou d'une voix basse.

La jeune femme se leva, noua son pagne par-dessus ses seins et sortit de la chambre. Après s'être lavé le visage, elle vint à table et sortit le nécessaire du petit déjeuner. Elle alla chercher les enfants un à un puis les fit asseoir sur des tabourets. Chaque enfant devait être servi d'une tasse de café au lait et d'un morceau de pain beurré. Ils devaient déguster leur petit-déjeuner et se préparer pour l'école. Aïssatou devait vérifier que les sacs contenaient tout le matériel scolaire avant de les laisser partir. Elle le faisait si bien que Maïmounatou, la mère des enfants, ne se souciait plus de ce contrôle minutieux. En retour, les enfants témoignaient à cette dame d'une grande affection, dirait-on plus grande que celle dont ils témoignaient à leur mère.

Après le départ des enfants pour l'école, Aïssatou balayait la cour ainsi que la maison et refaisait tous les lits. Elle prenait son petit déjeuner après toute la famille. Ce fait d'être reléguée au dernier rang ne la vexait point. Elle s'y conformait sans remord. Était-ce par simple gentillesse ou par obligation ? Trois mois s'étaient écoulés depuis qu'elle avait quitté sa famille. Le hasard l'avait conduite comme domestique dans cette famille qui ignorait tout de son histoire. Elle s'efforçait à jouer sans faille ce rôle. Ainsi, elle acceptait tout ; elle devait tout accepter. Elle faisait l'essentiel des travaux du ménage. N'ayant pas d'autre métier, elle se donnait volontiers et à fond aux différentes tâches du foyer. Après le déjeuner, elle se hâtait pour le marché et faisait l'achat des condiments. Elle avait constamment en cœur que les enfants revenaient de l'école à midi et qu'elle devait s'efforcer pour que le repas soit prêt à temps.

Ce jour-là, Aïssatou était en train de balayer la cour lorsqu'elle sentit une douleur serrer son bas ventre. Elle jeta le balai et s'assit, les mains appuyées là-dessus. Lorsqu'elle se releva pour reprendre le balai (les douleurs s'étaient calmées), elle remarqua (comme chaque jour depuis qu'elle était venue ici) que Maïmounatou l'épiait à travers la fenêtre du salon. Celle-ci, gênée par cette découverte décida de l'affronter pour lui demander des renseignements précis. Elle vint la trouver et dit :

— Ça va ?

— Ça va, répondit Aïssatou, le regard baissé.
— Viens t'asseoir.
Aïssatou la suivit jusqu'au salon. Elles s'assirent.
— Je t'appelle pour parler avec toi, commença Maïmounatou. Je trouve anormal de t'héberger plus longtemps sans avoir de façon précise tes renseignements. Peut-être que nous sommes des parents.
— C'est vrai.
— Tu viens de Nakry, n'est-ce pas ? demanda Maïmounatou.
— Oui.
— Y vivais-tu avec tes parents ?
— Non, avec mon mari. Mes parents sont originaires de Nakry mais vivent à Kempou. J'y vivais aussi. Lorsque j'ai rencontré cet homme (mon mari veux-je dire), mes parents ont été très contents et m'ont conseillé de l'épouser. Ainsi, espéraient-ils, j'allais les aider à revenir à la terre de leurs ancêtres.
— Et… ? demanda Maïmounatou en fixant son regard sur le ventre d'Aïssatou.
— J'ai donc suivi mon mari et nous nous sommes installés à Nakry. Notre relation a tourné au vinaigre. Lorsque je suis tombée enceinte, il m'a chassée de sa maison, aidé de sa première épouse. Ils ont même menacé de me tuer. Ne connaissant personne d'autre à Nakry, j'ai préféré fuir pour venir ici. J'espère que je serai riche un jour et alors j'irai à Kempou chercher mes parents.
— C'est dommage ! dit-elle au bout d'un long soupir. C'est une malchance, mais je ne sais pas comment tu pourras t'en sortir car ce n'est pas facile dans nos conditions actuelles d'élever un enfant sans l'aide de son père. Il faut y penser dès maintenant.

Puis Maïmounatou se leva et entra dans sa chambre. Aïssatou vérifia qu'elle était bien seule au salon, leva les mains vers le ciel et dit d'une voix très basse :

— Dieu pardonne-moi d'avoir menti sur mon mari. Tu sais qu'il ne m'a jamais fait aucun mal.

XII. Le bébé du viol

Les jours passaient et Aïssatou sentait de plus en plus le fardeau de la grossesse. Elle la ressentait presque de manière permanente par la fatigue et la régression de son appétit. Il lui fallait de l'effort pour se lever ou pour soulever des charges que jadis elle considérait comme légères. Ses pieds enflés commençaient à l'inquiéter. Malgré son état, Aïssatou devait se lever tôt, remplir d'eau les bidons qu'elle trouvait de plus en plus lourds. Après, elle se courbait pour laver les chambres et le salon. Elle pilait le riz et partait au marché.

Le marché Yenguéma était l'un des plus grands marchés de la ville. Aïssatou y venait chaque matin à un moment où il grouillait de monde. Le marché se composait de plusieurs compartiments. À l'entrée principale, se trouvaient alignées des boutiques d'habits et de bijoux divers. Des lumières multicolores les embellissaient. Ils attiraient les jeunes filles qui s'y identifiaient. Aïssatou passait sans y prêter attention car avec sa grossesse avancée, elle savait qu'elle n'était plus de cette génération d'adolescentes. Juste après cette ligne de boutiques et sans transition, suivaient les tables de vendeuses de légumes. C'était la vraie destination d'Aïssatou. Cette place était avant tout marquée par l'odeur nauséabonde des ordures qui se mêlait à celle du poisson frais. Les vieilles femmes qui y vendaient étaient habituées. Dans cette atmosphère, elles bavardaient, riaient, et dégustaient des repas ou diverses friandises achetées des mains des vendeurs ambulants. Certaines femmes vendaient des condiments, d'autres de l'huile de toute sorte, quelques-unes des plantes médicinales. Il n'était pas rare de trouver entre deux tables un tas d'ordures ou pullulaient des vers et des mouches noires. De ces tas coulaient en grande quantité des eaux noires. Parfois, tout près, des vendeuses étalaient à même le sol, des tas de feuilles de patate ou d'autres légumes pourtant convoités par les ménagères comme Aïssatou qui était l'une des plus habituées de ce sale endroit. Mais ce jour-là, elle ne put supporter cette odeur. Elle n'avait pas fini de répondre aux salutations des unes et des autres quand elle eut un haut-le-cœur. Elle courut vers un tas d'ordures, se courba et y déversa son déjeuner. Lorsqu'elle se releva, elle fut prise de vertiges et chancela. Une vendeuse la prit par la main et l'aida à s'asseoir.

— Prends courage mon enfant. Ça va bientôt finir. Tu es au huitième mois, il me semble.

Aïssatou fit oui de la tête. La vendeuse continua :

— La somme de ces souffrances équivaut à l'amour que tu auras pour l'enfant. C'est toujours comme ça. Tu es partie d'un court instant de plaisir extrême, tu traverses des souffrances plus ou moins intenses qui atteignent le point culminant le jour de l'accouchement, puis les souffrances diminuent et finissent un jour par se transformer en paradis, le jour par exemple où cet enfant t'aidera à partir pour le pèlerinage. Réjouis-toi et pense à ce jour lointain.

Ce discours lui fit un baume au cœur. Elle écoutait et pesait la véracité des propos. Elle ne put s'empêcher d'admettre que la vendeuse avait raison et que l'enfant qu'elle portait allait la sortir un jour de cette souffrance.

— Pour quelle sauce achetais-tu des condiments ? lui demanda la dame.

— Pour la sauce d'arachide, répondit Aïssatou.

La dame prit l'argent de ses mains ainsi que le panier et partit faire les achats. Elle revint avec le panier rempli de condiments.

— Tiens et prends courage ma fille. Ton mari doit avoir faim. Va lui dire qu'on le salue et surtout qu'il doit être fier de toi.

— Merci, dit Aïssatou.

— Je le saurai, si tu me donnes ton enfant comme mari.

Aïssatou eut un sourire honteux. Elle savait que cette vendeuse ignorait qu'elle n'avait pas de mari et qu'elle ne savait même pas où se trouvait le père de son enfant. L'eût-elle su, elle l'aurait laissée tomber dans la boue. Ici, les grossesses n'ont pas la même valeur. On y trouve celles qui sont respectées parce que survenues selon les règles de la tradition ; on y trouve celles qui sont acceptées parce que bien que non conformes à la tradition, elles surviennent chez des couples riches qui sont capables de prendre en charge l'évolution de la grossesse ; enfin, il existe d'autres qui sont rejetées parce qu'elles ne sont pas reconnues par la tradition et surviennent chez des couples n'ayant aucune place dans la société. La grossesse d'Aïssatou était de ces dernières et elle le savait. Elle se sentait malhonnête de ne pas dire à cette gentille dame qu'elle n'avait pas de mari. Mais sans donner la moindre explication, elle prit son panier bien rempli et s'en alla.

Aïssatou revint à la maison un peu plus tard que d'habitude, le corps fatigué, la tête tourbillonnante et les pas lents. Elle trouva Maïmounatou assise au milieu de la cour et la salua poliment.

— Que tu te montres paresseuse Aïssatou, il est midi et regarde comment tu marches ! Je t'informe que les enfants doivent manger dès leur retour de l'école.

Aïssatou n'avait rien à dire. Elle devait obéir à la femme qui l'hébergeait à ce moment où sa famille l'avait rejetée.

*

Sept jours s'étaient écoulés depuis qu'Aïssatou avait accouché d'un joli bébé. Durant ceux-ci, elle n'avait reçu que la visite de trois bonnes femmes : Maïmounatou, Nen Mariamba et Nen Safiatou, les voisines les plus proches. L'aide accordée à un individu dans la société est proportionnelle au service que celui-ci ou sa famille rend aux autres. Et Aïssatou n'avait ni de moyens, ni de famille. Ainsi, ces femmes la visitaient en ne lui accordant que très peu d'importance, mais lui rendaient visite tout de même. Elles y allaient de temps en temps, apporter des feuilles, des écorces ou des racines pour préparer des décoctions qui servaient de remède à cette mère et à son enfant qui, bien que résidant en pleine ville, ne pouvaient accéder (par manque de moyens) aux soins donnés par les hôpitaux de la place. Elles apportaient également des pagnes usés qu'Aïssatou déchirait pour confectionner des habits pour le nouveau-né. Quant à elle, elle devait utiliser ses anciens habits. Seuls les habits de l'accouchement furent lavés par Nen Mariamba. Pour le reste et ce à partir du lendemain de l'accouchement, Aïssatou devait sortir chercher de l'eau pour laver ses pagnes continuellement salis par les lochies ainsi que les habits (combien de fois insuffisants) du nouveau-né. Aïssatou ne se plaignait pas. Malgré son état, elle supportait les corvées et s'investissait à fond au travail du ménage. Seule la cuisine lui était interdite. Maïmounatou la trouvait répugnante et malpropre à ce stade. Elle faisait tout le reste : balayer la maison et la cour, puiser de l'eau, partir au marché et fendre le bois. Ni les pleurs de son bébé, ni les douleurs de son ventre, ni la faiblesse de son corps ne diminuaient sa vigueur. Elle travaillait comme d'habitude et Maïmounatou n'avait pas à se plaindre de ce côté.

Le bébé n'avait pas eu les joyeuses cérémonies de baptême qui, d'habitude, fêtent l'arrivée d'un nouvel être. Sa mère lui donna le nom de Nantenen (en guise de reconnaissance à sa meilleure amie). Nanté (c'est le surnom affectueux qu'Aïssatou avait donné à son bébé) semblait comprendre le destin qui était le sien. Le bébé restait au lit, seul, calme ; il évitait de pleurer pour ne pas indisposer sa mère qui avait mille et une choses à faire. De temps en temps, Aïssatou s'éclipsait pour jeter un coup d'œil sur Nanté et revenait le plus rapidement possible à ses corvées. Nanté avait constamment de l'appétit et l'air gai et bien portant : elle était prête à affronter les peines que lui réservait le monde.

Le soir, lorsqu'Aïssatou finissait les travaux, et que tout le monde se reposait, elle se retirait dans un coin pour laver ses habits ainsi que ceux de Nanté. Puis elle lavait le bébé et l'enduisait de beurre de karité. Elle lui donnait son sein et savourait l'action de cette petite bouche sur la partie la plus tendre de son corps. Seule, elle regardait le bébé, le berçait dans ses bras, l'embrassait et le contemplait dans les moindres détails. Le front luisant, les lèvres en perpétuels mouvements, le regard innocent, Nanté faisait, bien que triste, la fierté de sa mère. Elle était à la fois la honte et l'espoir. Elle était la nauséabonde fleur de laquelle on attend le délicieux fruit vital. Elle était pour Aïssatou le comble du malheur et une source de bonheur.

XIII. Se prostituer pour soigner son bébé

Sur la route caillouteuse, des enfants jouaient au foot et se bagarraient de temps en temps. Près des cours qui la bordaient, des fillettes installées en cercle chantaient et dansaient. Une à une, elles entraient dans le cercle et dansaient avec force sous les claquements des mains des autres. Lorsqu'une se fatiguait, une autre la remplaçait et chacune usait de toutes ses forces pour être la meilleure. À l'ouest, le soleil passait de la couleur orange à celle rouge. Il devenait moins méchant au regard tandis que le ciel doré offrait un décor ravissant.

Aïssatou était assise sous le manguier en compagnie des autres femmes. Comme d'habitude, elles bavardaient, allant sans arrière-pensée d'un sujet à un autre. Leurs rires se faisaient entendre de très loin. Mais Aïssatou restait muette, pensive et indifférente. Une idée travaillait sa tête : la maladie de sa fillette Nanté qui évoluait depuis deux semaines et son état s'aggravait un peu plus chaque jour. Maïmounatou et sa famille s'en moquaient et d'ailleurs on l'insultait pour la cause. Elle se rappela soudain de Maïmounatou qui disait : « On ne peut dépenser et pour toi et pour ton bébé. Appelle l'homme qui l'a mis dans ton ventre. Qu'il te donne de l'argent pour que tu puisses l'emmener à l'hôpital. D'ailleurs, je t'informe que tu es devenue un fardeau trop lourd pour la famille. Alors, trois jours te sont accordés pour que tu quittes » ; tel était la réponse qu'elle a adressée à Aïssatou quand celle-ci lui avait demandé de l'argent pour emmener la fillette à l'hôpital. Puis Aïssatou était allée voir Mimi. Celle-ci était une jeune dame du même âge qu'Aïssatou (la trentaine), célibataire, orpheline de père et sans emploi. Malgré ce statut, elle faisait partie des plus aisées des femmes du quartier et était considérée comme la plus « expérimentée ». Les femmes en situation difficile venaient chez elle soit pour emprunter de l'argent, soit pour acquérir des techniques qui les aideraient à résoudre leurs problèmes.

Aïssatou se rendit chez elle pour lui expliquer ses problèmes et prendre conseils :

— Ton problème est sérieux Aïssatou, lui avait-elle dit lorsqu'elles sont restées seules dans sa chambre. Toute femme porte en elle un trésor, à elle d'en profiter. Si tu as aujourd'hui tous ces problèmes, c'est parce que tu m'avais ignorée et moi aussi je t'ai laissée évoluer. Mais comme tu es venue, voilà ce que tu vas faire. Cette nuit, habille-toi bien en mini-jupe ou en pantalon collant et trouve-moi ici. On ira ensemble au bar Kendé et on s'amusera jusqu'à l'aube. Tu reviendras avec ton portefeuille rempli de gros billets. Il n'y a que des femmes de notre âge qui y règnent. Avec ta beauté et ta taille, tu te feras des relations avec les grands patrons et tu n'auras plus de problème. D'ailleurs, avec trois clients seulement, tu auras le nécessaire pour soigner ton enfant et comme on en trouve toujours plus, tu auras quelques sous pour tes autres besoins. Aïssatou, j'avais aussi des problèmes d'habits et de bijoux, mais depuis que j'ai commencé cette affaire, je me sens soulagée.

Elle alla ouvrir son armoire et Aïssatou fut surprise de voir un lot d'habits de luxe et des bijoux de grande valeur. Les tenues de sortie occupaient une partie et les robes en grand nombre pendaient dans une autre. Des shampooings, des savons européens, des parfums de tout genre, des bijoux en or plaqué rappelèrent à Aïssatou les riches actrices des séries télévisées. Elle ouvrit son sac à main qui contenait des billets neufs ainsi que quelques billets de banques européennes et américaines.

Aïssatou comprit alors pourquoi Mimi était mieux habillée que toutes ses camarades, pourquoi elle n'hésitait pas à dépenser pendant les balades nocturnes. Elle sut aussi où elle trouvait de l'argent pour payer ces beaux habits que sa mère portait pour les fêtes, les prières de vendredi et les grandes cérémonies. Sa mère s'habillait, fière de sa fille et partout où elle passait, elle attirait l'attention.

« Ainsi va la vie des femmes de ce pays ! » se dit-elle.

*

Il faisait nuit et la chaleur était insoutenable à l'intérieur des maisons. Au dehors, un léger vent soufflait et offrait une douce fraîcheur. Dans la cour, les locataires allongés sur des nattes en profitaient. Ils conversaient familièrement à voix basse tandis qu'un autre groupe attroupé autour d'une petite radio était affairé à écouter les infos du soir. Au salon, des enfants suivaient la télévision. Maïmounatou était dans sa chambre et refaisait sa coiffure. Aïssatou entra dans la sienne, ouvrit sa valise et sortit sa mini-jupe et sa chemisette. Ce complet, elle ne l'avait pas porté depuis qu'elle avait quitté Paris. Elle l'enfila rapidement et se contempla au miroir. Elle remarqua qu'elle était toujours jeune et qu'elle n'avait rien à s'en vouloir. Elle cacha sa mini-jupe par un pagne, embrassa Nanté qui dormait seule au lit et sortit sans attirer la moindre attention. Lorsqu'elle fut hors de la concession, elle ôta le pagne et le déposa chez Madamba, la boutiquière.

Elle arriva chez Mimi et la trouva assise dans son lit. La mini-jupe de grande valeur qu'elle portait laissait apercevoir ses sous-vêtements. Elles se parfumèrent. Mimi rangea sa serviette et son pagne dans son sac à main et elles sortirent.

La route qui menait au bar Kendé était l'une des plus animées de la ville quand tombait la nuit. Des femmes et des hommes, des motards et des véhicules se suivaient pour venir à ce lieu de délices. La route était bordée de bars-cafés qui s'emplissaient chaque soir. Plus loin, dans les coins obscurs, des mineures s'entraînaient au travail nocturne de leurs grandes sœurs. Elles étaient la cible des patrons qui avaient trop usé des femmes majeures et qui, par curiosité, par perversion ou par méchanceté, voulaient désormais changer de collaboratrices. Lorsqu'une voiture s'arrêtait, une d'entre elles courait pour ne pas être repérée par une probable connaissance et venait se loger dans la voiture sans demander où elle serait emmenée. La voiture démarrait aussitôt. Les autres regardaient la scène des yeux admiratifs et attendaient, toujours dans l'obscurité, leurs tours.

Aïssatou et Mimi marchaient en silence et à pas comptés, chacune cherchait à être la plus séductrice possible. Au fur et à mesure qu'elles s'approchaient du bar Kendé, l'animation de la rue augmentait, le fantasme de Mimi grandissait et le stress d'Aïssatou doublait. Lorsqu'un véhicule s'arrêtait devant elles, Mimi, plus habituée, courait pour demander d'une voix douce : « En voulez-vous ? » ; mais la réponse était souvent négative et sans qu'elle n'eût été frustrée, elles continuaient leur chemin.

Devant la cour du bar, Aïssatou fut émerveillée de voir un monde cosmopolite et un important nombre de véhicules. D'un côté, des voitures administratives occupées par les hommes forts du pays ou leurs fils alternaient avec les bagnoles des grands patrons, des grands commerçants ou des "revenants-d'Occident". De l'autre côté, des femmes aux bas-ventres nus cherchaient à être la première vue pour tout arrivant. Ce genre de lieu était le plus hétérogène, le plus démocratique du pays. Les grands fonctionnaires, les hommes en tenue et les patrons, les enfants des chefs et ceux des riches, les étudiants et les sportifs, les porte-faix et les badauds de la ville, tous y venaient pour assouvir leur besoin et oublier leur stress. Les uns distribuaient chaque nuit de fortes sommes d'argent tandis que les autres travaillaient des semaines pour gagner le prix d'un round avec une femme choisie au hasard.

Aïssatou et Mimi entrèrent. La cour était moyennement vaste. Elle comptait trois bâtiments. Un principal et deux annexes. Devant la première annexe composée d'une demi-dizaine de chambres, des vieilles femmes qui se faisaient toujours adolescentes étaient assises dans des fauteuils. Presque entièrement nus, leurs corps sans épidermes (transformés par les produits cosmétiques) luisaient sous la lumière éclaboussante des lampes. Grosses, désespérées et sans avenir, elles n'étaient plus convoitées. Qu'importe ! Elles appelaient chaque homme, chaque garçon par le mot chéri et n'hésitaient pas à diviser le prix habituel par deux ou trois pourvu qu'elles ne rentrassent bredouilles. D'ailleurs, la plupart d'entre elles n'avaient pas de logement au quartier et payaient mensuellement des chambres ici pour en faire leurs demeures et leurs lieux de débauche. La seconde annexe se composait de trois parties. La première partie était une espèce de chambre à manger occupée par une vendeuse d'attiéké reconnue pour la saveur de ses préparations. Au centre, se trouvait le magasin où étaient stockées les boissons qu'on servait aux visiteurs. Au fond de l'annexe, se trouvaient les toilettes dont l'odeur nauséabonde vous souhaitait de loin la bienvenue.

 L'épicentre du bar était une espèce de salon, à l'entrée du bâtiment principal qui offrait au public une ambiance irrésistible. Ce salon était assez large, meublé de fauteuils devant lesquels se trouvaient des tables. À chaque coin du salon, des haut-parleurs de grande taille lançaient la musique à tous les habitants du quartier. La pièce était illuminée par des lampes électriques dont les différentes couleurs alternaient dans une cadence rythmée par la musique. Au milieu, des hommes et des femmes seuls ou en couples dansaient. Dans les fauteuils, des couples joyeux riaient, fumaient et buvaient. Aïssatou remarqua un visage qui lui sembla familier. Elle s'approcha et reconnut Mabinty, une de ses voisines. Elle était blottie contre un monsieur aux cheveux blanchis mais dont la qualité de la veste faisait penser à un homme nanti. Chacun d'eux, Mabinty et le monsieur, avait un verre de whisky en main. En face d'elle se trouvait Sia, la fille timide du quartier. En simple soutien-gorge et culotte, elle avait la tête posée sur les cuisses d'un jeune homme en rasta, un pied sur un autre monsieur et le second sur la table. Elle fumait une mèche de chanvre indien et soufflait la fumée au visage du monsieur qui en prenait grand plaisir.

 Sans attendre une invitation, Aïssatou se laissa emporter par la musique et rejoignit le groupe du milieu. Elle n'eut pas le temps de manifester son génie de danseuse. Un bras la ceintura et l'obligea à se diriger vers l'autre porte du salon. Cette porte donnait sur un long corridor d'où apparaissaient et disparaissaient des couples. De part et d'autre du corridor, se trouvaient des dizaines de chambres dont les portes se faisaient face deux à deux.

Juste à l'entrée, somnolait un vieil homme. À chaque couple il réclamait le prix d'utilisation de la chambre. C'est là qu'Aïssatou se tourna pour dévisager l'homme qui la ceinturait. Leurs regards se croisèrent. Ils ne se connaissaient pas l'un et l'autre. C'était un homme robuste, inconnu et sans identité qui lui servait à cet instant de partenaire.

Ils avancèrent collés l'un à l'autre. Les premières chambres étaient occupées. Dans certaines chambres, des injures ou des bagarres se faisaient entendre. Ils trouvèrent une qui était vide. Elle n'avait pas de battant et un simple rideau masquait le regard des passants. L'homme entra et tira Aïssatou par la main. La chambre était exiguë, occupée par un lit unique en ciment sur lequel était posé un matelas en paille. Un pagne très sale, parsemé de vilaines taches, servait de drap. Un seau d'eau gisait près du lit.

L'homme se déchaussa et déboutonna sa chemise. Aïssatou s'était arrêtée près de la porte et le regardait confuse. Lorsqu'il s'approcha d'elle pour la prendre, elle éclata en colère : « non ! » fit-elle de toutes ses forces. L'écho de sa voix fit sursauter l'homme. Il recula et Aïssatou sortit en grande vitesse. Elle traversa le corridor et le salon sans s'en rendre compte et se dirigea vers sa maison.

Aïssatou avait tout vu. Elle avait tout compris. Elle était pauvre et avait eu l'occasion de se faire de l'argent. Mais elle devait refuser et a refusé. Elle voulait soigner Nanté, certes, mais ne pouvait supporter ce travail.

Chaque femme porte en elle un trésor, Mimi avait raison. Mais le trésor perd sa valeur au moment où il devient accessible à tout le monde. Depuis le début de sa grossesse, Aïssatou avait senti sa valeur diminuer. Mais désormais, elle savait qu'elle n'était pas plus malheureuse que ces femmes qu'elle avait rencontrées ce soir. Cette idée, elle la retourna plusieurs fois dans sa pensée et au lieu d'être réconfortée, son cœur se remplit de déception et de haine.

Pour le retour, Aïssatou emprunta la même route qu'à l'aller. Elle marchait à pas accélérés, courait parfois. La route était plongée dans la même animation. Mais elle semblait aveugle et la musique assourdissante du bar bourdonnait encore dans ses oreilles, toujours avec la même intensité. Elle arriva au portail de la concession, oubliant qu'elle était relativement mal habillée. Sans se soucier de la présence d'une quelconque personne, elle traversa la cour avec la même allure et alla droit au salon. Là, elle fut gênée par la présence de Maïmounatou et des autres voisins qui l'attendaient. Elle s'assit dans un fauteuil et demanda, par son regard, des explications. Maïmounatou vint la première lui serrer la main :

— Mes condoléances, fit-elle.

— Ma fille est-elle morte ? cria Aïssatou.

Elle se jeta par terre et se mit à pleurer.

XIV. Aïssatou devient mendiante des rues

La tornade s'abattait sur la ville de Saaré. Il pleuvait à flot et le ciel encore obscurci par les nuages menaçait de noyer la ville. Le tonnerre retentissait de manière méchante. La population se terrait dans les maisons. Les éclairs aveuglaient les vues. Les rues devenaient de gros marigots et les eaux emportaient tout ce qui se trouvait sur leurs trajets. On était vers la fin de l'après-midi. Aïssatou était couchée sous la véranda de la mosquée, couverte d'un simple pagne que les gouttelettes de pluie mouillaient. Elle tremblait de froid. À côté d'elle, se trouvaient d'autres mendiants, seuls ou avec leurs familles complètes. Des enfants pleuraient et demandaient à manger. Aïssatou évalua le temps passé dans cette famille de misérables :

— Trois mois ! trouva-t-elle.

Trois mois seulement et elle s'y était adaptée comme si elle y était née. Depuis qu'elle avait quitté la famille de Maïmounatou, elle n'avait plus gagné du travail. Elle vivait donc de la providence de Dieu qu'Il avait placée dans les mains de ses gentils serviteurs. Comme les autres mendiants, elle n'avait (depuis qu'elle avait rejoint cette famille de mendiants) jamais mangé à sa faim. Un maigre plat par jour provenant des excédents de repas d'une famille nantie lui suffisait pour subsister jusqu'au lendemain qu'elle espérait toujours meilleur. Quant aux pièces sonnantes qu'on leur lançait, il lui fallait un grand effort pour trouver le prix d'un plat. Les gros billets circulent entre les grands patrons et ce sont les pièces qui sont jetées aux pauvres. Aïssatou le savait maintenant. Elle comprenait parfaitement les règles de cette vie, connaissait le programme des lieux à visiter chaque jour de la semaine pour collecter le maximum d'argent. Ainsi, les vendredis, elle ne quittait pas la mosquée et y attendait les fidèles qui venaient en grand nombre et multipliaient leurs offrandes. Les dimanches, elle se pointait de bonne heure devant les grands hôtels et attendait pour tendre ses mains pitoyables à ces étrangers qui en sortaient pour faire leurs achats hebdomadaires. Les autres jours de la semaine, elle arpentait les grandes rues et profitait des embouteillages pour s'approcher des véhicules avec l'espoir d'attirer l'attention de quelques bienfaiteurs.

XV. *De touchantes retrouvailles*

Un matin (c'était un dimanche comme les autres), Aïssatou vint mendier devant l'un de ces grands hôtels qu'elle visitait hebdomadairement. Elle sentait la faim ronger son estomac et lui donner des crampes. Elle s'impatientait de gagner le repas de Dieu qui lui permettrait de subsister ce jour encore. Elle était courbée pour diminuer les crampes, le regard pointé au sol lorsqu'un homme vint s'arrêter devant elle. Elle leva les yeux et croisa un visage qui la fit sangloter. Ils se connaissaient. Ensemble, ils avaient passé de longs moments, des nuits voire des années entières. Ils comprenaient l'un et l'autre qu'ils s'aimaient beaucoup et se respectaient autant :

— C'est Aïssatou ? commença Jacques.

— Ja…Ja…Jacques, bégaya Aïssatou.

— Je suis venu te chercher. Je savais que Dieu allait m'aider à te retrouver.

— Merci. Que tu es gentil !

— Qu'importe ? Je ne suis rien si je ne vis pas dans le cœur des grandes femmes.

— Même si tu vis dans le mien ? plaisanta Aïssatou.

— Tu es la plus grande des femmes. Lorsque j'accède à ton cœur, je suis dans le paradis.

Puis Aïssatou se mit à pleurer, mesurant pour la première fois l'humiliation que sa patrie lui avait réservée.

— Jacques, aujourd'hui mon cœur ressemble à une forêt dévastée, jamais occupée par un amour.

— Et je veux transformer cette forêt dévastée en une ville aux lumières éclairant le ciel, enchaîna Jacques.

— Une ville est faite de plusieurs monuments et seul, tu as occupé mon cœur sans laisser de la place à une fourmi. Tu es déjà tout ce qui bouge dans mon cœur.

— Et tu es ce qui circule dans mes vaisseaux, tu es la matière qui emplit ma boîte crânienne si bien qu'au lieu de penser à toi, tu me sers de matière pour penser. Peux-tu me confirmer que tu vas me pardonner de ce qui s'est passé.

— Je préfère te demander pardon, Jacques. C'est moi qui t'avais quitté.

— Tu sembles fatiguée Aïssatou ; dis-moi ce qui ne va pas. La franchise est le fondement de l'amour immortel.

— Mon cœur est une ville en ruine, Jacques, un arbre sans sève, une cicatrice ineffaçable.

— Et….

— C'est une forêt dévastée en quelques minutes, une forêt transformée en un désert aux horizons invisibles.

— Nous sommes à l'horizon de ce désert, compatit Jacques.

— Certes, depuis que je t'ai revu, je vois que les germes poussent dans le désert et les arbres morts retrouvent leurs feuilles.

— Nous l'arroserons pour qu'elle soit la plus dense de toutes les forêts du monde, continua Jacques.

— Le jour où tu vas accepter de nouveau mon amour, la forêt sera d'emblée ressuscitée et tout deviendra comme à la naissance.

— Ton amour était accepté avant ce jour, Aïssatou.

— Et la cicatrice de mon cœur n'a jamais existé.

Jacques s'était agenouillé pour écouter sa femme. Elle l'aida à se lever, la prit par la main et l'entraina dans la chambre de l'hôtel. Après un déjeuner qu'Aïssatou prit sans demander la permission, elle entra prendre une douche. Lorsqu'elle sortit avec sa courte serviette, Jacques ne put s'empêcher de fixer son regard sur le corps excitant de la jeune dame. Le torse à moitié nu, les cheveux épars, les cuisses presque non couvertes formaient une panoplie irrésistible aux yeux d'un garçon bien portant. Aïssatou fut flattée par ce regard ensorcelé. Elle sourit, augmentant ainsi sa beauté :

— Alors, on s'installe à Saaré ou à Paris, demanda Jacques. Choisis ; l'honneur te revient, mon amour.

Aïssatou réfléchit d'abord.

— À Paris, dit-elle enfin. Le gouvernement militaire n'a pas réussi à maitriser les manifestations populaires qui prennent un peu plus d'ampleur chaque jour. Aujourd'hui des militaires dissidents menacent de renverser le Président-Général.

Elle se tut et se dirigea vers la fenêtre comme attirée par un scandale qui se déroulerait dans la rue. Puis, elle se retourna, les yeux remplis de larmes et dit entre deux sanglots :

— J'ai peur des militaires, Jacques. Ce ne sont que des bourreaux sans cœur, des criminels en liberté. Ne perdons pas le temps, ils peuvent venir d'un instant à l'autre.

Jacques s'approcha d'elle, la prit dans ses bras et la berça comme un bébé en lui chuchotant :

— N'aie pas peur. Personne ne te fera aucun mal. Je ne l'accepterais pas.

XVI. Aïssatou et son mari rentrent à Paris

Aïssatou et Jacques montèrent à l'arrière du taxi. Le chauffeur se tourna vers eux et dit à Jacques :
— À l'aéroport ?
— Oui, répondit Jacques.
— Il faudrait que vous me payiez le double. Au fait, nous partons avec un grand risque. Les militaires ont barricadé les routes et recherchent ce qu'ils appellent les mauvaises graines. Comment s'appelle votre compagne ?
— Aïssatou, répondit Jacques.
— C'est bien, rassura le chauffeur. C'est un nom très répandu chez les habitants du nord. Pour passer, on prendra la corniche ; sinon les militaires du sud risquent de la tuer.

Jacques fut troublé par ses explications mais préféra garder le silence. La voiture roulait assez vite. Ils ne rencontrèrent pas de piétons. Seules quelques rares voitures filaient à grande vitesse. Partout dans la ville, le silence était effroyable. Aïssatou et Jacques regardaient sans poser de question.

— Les voici ! dit le chauffeur.

Aïssatou trembla de tout son corps. Jacques la serra contre lui. Puis le chauffeur freina à quelques mètres du barrage. Une dizaine de militaires arrêtés autour d'un char non loin du barrage fumaient. L'un se détacha du groupe et vint vers la voiture :

— Donnez-moi vos pièces d'identité, ordonna le militaire en dialecte.

— C'est la même famille, répondit le chauffeur dans le même dialecte alors que Jacques présentait son passeport et celui d'Aïssatou.

— Le blanc n'a rien à voir dans ce combat, dit un autre militaire qui vint rejoindre le premier. C'est la dame. Elle est du nord ou du sud ?

— Elle s'appelle Aïssatou, donc probablement originaire du nord.

— Où allez-vous ? demanda-t-il à Aïssatou dans son dialecte ?

— À l'aéroport, répondit-elle dans le même dialecte.

— Tu as raison. Enlevez le barrage et laissez-les passer. Il faut que l'on montre à tout le monde que ce pays est à nous.

Et le chauffeur redémarra aussitôt. Lorsqu'ils furent un peu loin, Jacques posa sa main sur l'épaule du chauffeur et dit :

— C'est quoi cette histoire de nord et de sud ?

Le chauffeur freina et se tourna vers Jacques :

— Vous ne comprenez donc pas ce qui se passe. Le président de la république qui dirige le pays depuis le putsch (il y a cinq ans) est originaire du sud. Pour se protéger, il a nommé, au début des manifestations populaires, un militaire originaire du sud comme ministre de la défense nationale. Mais le chef d'État-major-Général-des-Armées est originaire du nord. Le président veut l'arrêter pour être plus en sécurité. Lui aussi, il a juré de se défendre et de défendre ses parents toujours victimes de violence. Il a demandé aux militaires originaires du nord de l'aider à renverser le président. Ne pensez-vous pas qu'il ait raison ?

— Si, répondit Jacques un peu embarrassé par la question.

— Vous savez, les dernières élections de ce pays ont été remportées par le candidat du nord. Mais les autres communautés se sont levées pour dire que jamais un candidat du nord ne doit présider ce pays. L'heure est maintenant arrivée. Il faut que quelqu'un du nord soit président aussi, conclut le chauffeur alors qu'il redémarrait la voiture.

Jacques se tourna vers Aïssatou pour qu'elle donne son avis. Mais elle avait les oreilles bouchées par ses deux mains et ne semblait pas prête à participer à cette conversation.

XVII. Adopter un enfant et former le foyer de rêve

C'était dimanche. Aïssatou couchée dans le divan apercevait, par la fenêtre, la tour Eiffel. Jacques vint soulever ses pieds pour s'assoir à côté d'elle. Il posa les pieds sur ses cuisses et se mit à masser les orteils. Aïssatou était très joyeuse de bénéficier autant d'affection auprès de ce mari qu'elle avait quitté. Un petit poste-radio posé sur la table, près de la fenêtre, parlait depuis le matin sans attirer l'attention. Aïssatou ferma les yeux pour mieux savourer le bonheur que la présence de Jacques lui apportait. Mais son attention fut brusquement attirée par la radio. Elle se leva et s'approcha.

« Nous commençons ce journal par la situation à Nakry où le conflit entre militaires du sud favorables au président et ceux du nord commandés par le chef d'État-major-Général-des-Armées continue de faire des victimes. Dans la nuit du mardi, des militaires du sud ont attaqué la ville de Nakry et y ont tué cent cinquante personnes en majorité des civils, portant ainsi à deux mille soixante-cinq le nombre total de personnes tuées depuis le début du conflit. Le président de la Métropole se dit préoccupé par cette situation et promet cinq cent mille dollars pour armer les putschistes. Il les exhorte à renverser le président qui, je le cite, n'est plus un interlocuteur légitime. Nous terminons cette page nakrienne par cette bonne nouvelle : l'avion ramenant les cinquante métropolitains qui restaient à Nakry a atterri ce matin avec, à son bord, cent cinquante enfants orphelins de la guerre. Les ONG humanitaires parlent d'urgence et demandent aux candidats à l'adoption de manifester leurs intérêts…»

Aïssatou éteignit la radio et fut surprise par la présence de Jacques près d'elle lorsqu'elle se retourna.

— Ils ont tué mes parents.

Jacques baissa la tête.

— J'ai ma part de responsabilité. Ne crois-tu pas ? Chaque citoyen de mon pays a sa part de responsabilité. On aurait pu éviter ça.

Elle se tut. Jacques ne parla pas. Elle reprit :

-Que dois-je faire ? Je peux faire quelque chose Jacques.

Jacques haussa les épaules :

-Adopter, dit-il. Nous pouvons adopter un enfant et former le foyer de notre rêve pour notre plus grand bonheur.

— C'est génial Jacques. Allons voir.

Aïssatou marchait entre les tentes érigées pour accueillir les réfugiés nakriens. La plupart d'entre eux étaient des enfants. Seuls une dizaine de femmes et d'hommes, mal habillés, apparemment traumatisés par l'horreur de la guerre, se promenaient entre les tentes. Des employés d'ONG humanitaires, habillés de gilets, distribuaient des vivres et des habits. Quelques enfants pleuraient. Le ministre des Affaires Étrangères vint faire le tour rapidement puis fit un court discours devant l'attroupement des journalistes et repartit. Aïssatou ne cessait de pleurer. Elle avait des bonbons qu'elle distribuait aux enfants. À chacun, elle demandait le nom ; certains enfants craintifs reculaient alors que d'autres, plus courageux, donnaient à voix basse leurs noms. Chaque nom rappelait à Aïssatou un ami, un voisin, un parent ou une quelconque connaissance qu'elle avait laissée à Nakry. Son amertume grandissait et elle se remettait à pleurer de plus en plus fort. Jacques qui lui emboitait le pas essayait en vain de la consoler. Ils visitaient les tentes l'une après l'autre. Ils prenaient le temps nécessaire pour réconforter chaque enfant avant de passer au suivant.

Lorsqu'ils arrivèrent dans une des tentes, Jacques fut ébahi de voir Aïssatou se diriger directement vers une fillette qui était arrêtée au coin. Elle avait huit ans environ, dix ans au maximum. Elle avait un teint dont la noirceur rappelait le charme de la femme mandingue. L'enfoncement de ses globes oculaires, le mauvais état de ses cheveux et la maigreur de ses membres suffisaient pour expliquer les souffrances qu'elle avait traversées. Son jacket en jean laissait apparaitre une robe de Bazin à bretelles. Un collier un peu grand à son âge pendait au cou. Aïssatou vint s'agenouiller près de la fillette, mit la table du collier sur sa paume et la contemplas. La fillette était silencieuse, gênée par la présence de cette femme qu'elle ne connaissait point.

— Comment t'appelles-tu ? demanda Aïssatou.

— Aïssatou, répondit-elle.

Aïssatou ne demanda rien de plus. Elle s'assit par terre, près de la fille et appela :

— Jacques ! Viens voir.

Jacques vint la rejoindre. Aïssatou lui montra le collier.

— Lis. Peux-tu lire ? Lis s'il te plait.

Jacques la regarda et sentit une lumière de joie rayonner sur son visage.

— Jacques, c'est moi qui suis en cet enfant. Le comprends-tu ? Je suis cette fillette.

Mais son discours fut interrompu par la voix d'une femme assise dans un coin qu'Aïssatou n'avait pas vue.

— Ne retirez pas ce collier. Il signifie beaucoup de choses. Si vous voulez des colliers identiques, on en trouve facilement à Nakry. Après la guerre, on vous aidera à en trouver autant que vous voudrez. J'avais promis à sa mère de veiller sur le collier pour que la fillette ne l'égare pas.

— Connaissez-vous sa mère ? demanda Aïssatou.

La femme se leva et prit un bébé qui était couché devant elle. Elle le mit au dos, l'attacha par un pagne et vint à côté d'Aïssatou.

— Sa mère s'appelait Nantenen, dit-elle. Lorsque la guerre a commencé, j'ai décidé de fuir (comme elle) pour sauver mon enfant. Il n'a que six mois (elle montrait le bébé qu'elle portait au dos). Par hasard, nous nous sommes rencontrées un matin et nous avons décidé de marcher ensemble. Elle tenait cette fillette par la main.

Elle se tut comme si elle avait oublié la suite puis reprit :

— C'est devant moi qu'elle lui a mis le collier en me disant : « Je te confie mon enfant. Dans le cas où je mourrais, veille sur elle et surveille le collier pour qu'elle ne l'égare pas. Un jour, quelqu'un reviendra le chercher, oui elle m'avait promis que l'enfant qu'elle portait reviendra le chercher » et elle m'a prié de jurer que je le ferais. J'ai alors juré sans comprendre vraiment ce qu'elle disait.

Elle se tut encore. Jacques regarda Aïssatou et remarqua que son visage s'était de nouveau assombri.

— On dirait qu'elle savait que sa mort approchait, reprit la femme. Nantenen savait qu'elle n'allait pas échapper.

— Et comment est-elle morte ? demanda Aïssatou en essayant de cacher son désarroi.

— Elle a été fusillée, répondit la femme en pleurs. Nous avons rencontré les militaires du nord. Lorsqu'ils ont vu son teint, ils ont demandé sa carte d'identité et à travers son nom, ils ont conclu qu'elle était originaire du sud. Ils l'ont attachée sur un poteau au bord de la route et l'ont fusillée.

— Vous a-t-elle parlé de son mari ? interrogea Jacques.

— Son mari avait intégré l'armée pour combattre avec ses parents du sud. Il a été tué au début de la guerre.

— Vous avez eu de la chance d'échapper, dit Jacques.

— Je suis originaire du nord comme ces militaires. Lorsqu'ils l'ont fusillée, ils m'ont laissée passer avec les enfants. Je pensais que je n'allais pas échapper aussi. Mais elle nous a aidés.

Elle indexait une femme de taille moyenne, habillée d'un gilet d'ONG humanitaire qui était arrêtée à quelques mètres de la tente. Elle faisait dos.

— Je marchais avec les enfants avec désespoir, continua-t-elle. Lorsqu'elle nous a vus, elle nous a mis dans sa voiture. C'est ainsi que nous avons retrouvé les autres sous un vaste hangar à l'intérieur de l'aéroport.

— Merci à elle, dit Aïssatou alors que de grosses larmes coulaient sur ses joues.

Jacques la regardait. Il prit sa main et dit :

— Allons-y Aïssatou. Allons faire les démarches pour obtenir les papiers d'adoption avant que ça ne soit trop tard.

— Vas-y Jacques, répondit-elle. Je t'attendrai ici le temps qu'il faudra. Je ne peux pas quitter cette fillette. Je ne peux pas me quitter.

Table des matières

I. Le départ pour l'Afrique 13

II. Aïssatou trouve un prétendant 19

III. Le mariage d'Aïssatou 23

IV. Une fillette de douze ans violée par un militaire 31

V. Aïssatou est heureuse auprès de son mari 37

VI. Le mari d'Aïssatou est tué pendant les manifestations .. 45

VII. Les hommes se font juges 53

VIII. La veuve violée à Nakry 57

IX. Enceinte de ses violeurs 61

X. Aïssatou est chassée de la maison paternelle 67

XII. Le bébé du viol 75

XIII. Se prostituer pour soigner son bébé 81

XIV. Aïssatou devient mendiante des rues 89

XV. De touchantes retrouvailles 91

XVI. Aïssatou et son mari rentrent à Paris 95

XVII. Adopter un enfant et former le foyer de rêve 99

© 2024 Mamadou Malal BAH
Édition : BoD - Books on Demand, 31 avenue Saint-Rémy, 57600 Forbach, bod@bod.fr
Impression : Libri Plureos GmbH, Friedensallee 273, 22763 Hamburg (Allemagne)
ISBN : 978-2-3225-5954-1
Dépôt légal : Mars 2025